徳 間 文 庫

極楽安兵衛剣酔記

笑 う 月

鳥羽 亮

徳 間 書 店

目次

第一章　お鶴

一

……これだから、博奕はやめられん。

笑月斎は、胸の内でほくそ笑んだ。

浅草元鳥越町にある松五郎という男が、貸元をしている賭場からの帰りだった。

懐の財布には、十二両ほどの金が入っていた。今夜の博奕で、十両ほども勝ったのである。

笑月斎は家に帰るつもりで、奥州街道を北にむかって歩いていた。浅草三間町にある長屋に、くめという妻女とふたりで住んでいた。

町木戸のしまる四ツ（午後十時）ごろだった。奥州街道は浅草寺の門前にも通じているので、日中は旅人、参詣客、遊山客などで賑わっているのだが、いまはひっそりと夜の帳につつまれていた。

通り沿いの表店は表戸をしめ、洩れてくる灯もなかった。ときおり、夜鷹や浅草寺界隈で遊んだ酔客などが通りかかるだけである。

頭上に、十六夜の月が出ていた。人影のない街道を淡い青磁色に照らしている。

笑月斎は、街道をひとり下駄の音をひびかせて歩いていた。そこは、浅草諏訪町だった。長屋のある三間町はすぐである。

……もうすこし、やりたかったな。

笑月斎は、懐の財布を左手で押さえながらつぶやいた。

博奕を、四ツ前に切り上げて賭場を出たのだ。勝っていただけに、もうすこしつづけたかったのだが、女房のくめが風邪で臥せっていて、朝帰りというわけにはいかなかったのである。

笑月斎は、八卦見を生業にしていた。歳は四十半ば、肩まで垂らした総髪で、袖無し羽織に小袖を着流していた。くめと所帯を持って十数年経つが、まだ子供はいない。

本名は野間八九郎、生まれながらの牢人である。それでも、親が武士として生きていけるようにと、少年のころ近所の一刀流の道場に通わせてくれた。稽古に熱心に取り組んだこともあって、道場でもなかなかの遣い手になった。ところが、二十歳(はたち)のころ、剣では食っていけないと見切りをつけ、易教を学んで八卦見になったのである。

笑月斎は、諏訪町から駒形町(こまがたちょう)に入った。街道に、ぽつぽつと人影があった。駒形町は浅草寺界隈の繁華街(はんかがい)まで近いせいもあって、そこから流れてくる酔いどれや岡場所で遊んだ男などが通りかかるのだ。

笑月斎が三間町に通じる右手の路地に入ろうとしたとき、街道の先で、キャッ！という女の悲鳴が聞こえた。つづいて、苦しげな呻(うめ)き声がし、「逃げるんじゃァねえ！」という男の怒鳴(どな)り声が聞こえた。

見ると、半町ほど先に、人影が見えた。逃げようとする女を、三人の男が取り押さえようとしている。

「助けて！」

女が、細い声で叫んだ。

飲んだくれたちが、女を手込めにしようとしているのであろうか。

……このまま帰るわけにはいかないな。

笑月斎は走りだした。

若い娘らしかった。遊び人ふうの男がふたり、左右から娘の着物をつかんでいる。

道端に別の女がひとり、別の男に押さえられていた。こちらの女は年配らしい。若い娘の連れであろうか。

「待て、待て！」

笑月斎は、押さえられている娘のそばに走り寄った。

「なんだ、てめえは！」

娘の肩先をつかんでいた大柄な男が、怒鳴り声を上げた。
二十四、五であろうか。眉が濃く、目のギョロリとした男だった。棒縞の小袖を裾高に尻っ端折りし、両脛をあらわにしていた。
男の顔に、驚いたような表情があった。笑月斎が、変わった風体をしていたからであろう。

「通りすがりの者だ。……娘から手を離せ」

「どこの馬の骨か知らねえが、命が惜しかったら、引っ込んでな」

もうひとりの痩せた男が、恫喝するように言った。

面長で、目の細い男だった。三十がらみらしい。

「おまえたちこそ、命が惜しかったら、そうそうに立ち去れ」

笑月斎が、ふたりの男を見すえて言った。

「なんだと！」

面長の男が娘から手を放し、右手を懐につっ込んだ。匕首でも呑んでいるらしい。

すると、眉の濃い男も懐に手をつっ込んで、匕首を取り出した。

娘は蒼ざめた顔で、よろよろと路傍に逃げた。

もうひとり、別の女を押さえ付けていた男も、女を放して笑月斎の左手に駆け寄った。まだ、二十歳前の若い男だった。ひょろりとした長身で、いつ抜いたのか匕首を手にしている。

「三人がかりか」

笑月斎は、腰の長脇差を抜いた。笑月斎は、ふだん出歩くときは大小でなく長脇差を差していたのだ。

「やっちまえ！」

面長の男が、笑月斎の正面に立って叫んだ。この男が、兄貴格らしい。

右手に眉の濃い男が立ち、左手に若い男がまわり込んだ。笑月斎が店仕舞いした商家を背にして立ったため、背後にまわれなかったのだ。

三人の男はすこし前屈みの恰好で、顎の下や胸の辺りにそれぞれ匕首を構えていた。

三人とも殺気だち、獲物に迫る狼のような顔付きをしていた。三人の匕首が月光を反射(はね)て、狼の牙(きば)のように青白くひかっている。

「かかってこい！」

笑月斎は抜刀し、切っ先を面長の男にむけた。

三人の男は笑月斎に匕首をむけていたが、間合をつめてこなかった。いや、笑月斎の隙のない構えに威圧をされ、近付けなかったのだ。

「やれ！」

面長の男が苛立(いらだ)ったような声で叫んだ。

と、左手にいた若い男が、

「やろう！」

叫びざま、いきなりつっ込んできた。匕首を前に突き出し、体当たりするような勢いだった。

咄嗟(とっさ)に、笑月斎は後ろに身を引きざま、刀身を撥(は)ね上げた。

キーン、という甲高(かんだか)い金属音がひびき、若い男の手にした匕首が虚空(こくう)に飛んだ。笑月斎が、匕首をはじいたのである。

タアッ！

次の瞬間、鋭(するど)い気合とともに笑月斎は、刀身を横に払った。一瞬の太刀捌(たちさば)きである。

若い男の頬（ほお）から、血が飛んだ。

ヒイイッ！

若い男は、悲鳴を上げながら後じさった。

恐怖に目をつり上げ、体を顫（ふる）わせた。片頬が、赤い布でも張り付けたように血に染まっている。

「命にかかわるような傷ではない」

笑月斎は、正面に立っている面長の男に切っ先をむけながら言った。

面長の男は驚愕（きょうがく）に目を剝（む）き、後じさった。構えた匕首の先が震えている。笑月斎の太刀捌きに恐れをなしたようだ。

「さァ、こい！　次は、首を落としてやる」

言いざま、笑月斎は一歩を踏み込んだ。

「に、逃げろ！」

面長の男が、反転して駆けだした。

すると、眉の濃い男と若い男も逃げだした。

「口ほどにもないやつらだ」

笑月斎は手にした長脇差を鞘（さや）に納めた。

二

路傍で身を顫わせていた娘は、笑月斎に歩み寄り、

「お、お助けいただき、ありがとうございます」

と、震えを帯びた声で礼を言った。蒼ざめた顔をし、体を顫わせている。

月光に、娘の色白の顔が浮かび上がった。十六、七であろうか。濡れたような黒眸がちの目をし、形のいいちいさな唇をしていた。なかなかの美人である。

……妹のちさに似ている。

と、笑月斎は思った。

笑月斎には、ちさという妹がいた。笑月斎とは三つちがいで、十六歳のとき流行病で亡くなった。ちさが死んでから長い年月が経っていたが、笑月斎の記憶にちさの顔ははっきりと残っていた。

娘が、戸惑うような顔をした。笑月斎に顔を見つめられたからであろう。

「娘、名はなんという？」

笑月斎が、娘の顔から視線をそらせて訊いた。

「はい、鶴でございます」

「お鶴さんか」

笑月斎がそう言ったとき、路傍に逃れていた年配の女が近付いてきて、

「お鶴さんは、八寿屋のお嬢さんです」

と、言い添えた。

年配の女は、八寿屋に奉公する女中のおきよとのことだった。

「料理屋の八寿屋か」

笑月斎は、浅草茶屋町に八寿屋という老舗の料理屋があるのを知っていた。

茶屋町は浅草寺の門前通りにあり、賑やかな繁華街になっていた。また、八寿屋は料理屋や料理茶屋などの多い浅草でも一、二を争う名の知れた老舗で、料理が旨いことでも評判だった。

「そうです」

おきよが言った。

「ともかく、店まで送ってやろう」

笑月斎は、お鶴を店まで送ってやろうと思った。

「それが、いま帰れないんです」

おきよが、眉を寄せて言った。

「店で何かあったのか」

笑月斎が訊いた。老舗の料理屋の娘が、夜の更けたいまごろ町筋を歩いていたのには、何かわけがあったはずである。

「源次郎という男がならず者を五人も連れて、お嬢さんに会わせろといって店に踏み込んできたのです」

あるじの吉兵衛は、いま娘は店にいないと言って、ひそかにおきよをつけて裏手から逃がしたという。

ところが、店の裏手にも源次郎の仲間がいて、お鶴の姿を目にすると、店にいるふたりの仲間に知らせて後を追ってきたという。

「まだ、店には源次郎たちがいるはずです。……そ、それに、こうしていると、逃げた三人が、別の仲間を連れて引き返してくるかもしれません」

おきよの声は、震えを帯びていた。

「そうか。……ところで、ふたりはどこへ逃げようとしていたのだ」

笑月斎が訊いた。

「ど、どこといって、あてはなかったのです。駒形堂の裏にでも、身を隠していようかと……」

　お鶴の声も震えている。

「うむ……」

　いまから、料理屋や船宿などに入るわけにもいかないし、かといってここでふたりを放り出すのも可哀相な気がした。

　それに、笑月斎は娘を助けてやりたい気持ちになっていた。娘が死んだ妹に似ていたからであろうか――。

「どうだな、近くにおれの住む長屋があるが、そこで朝まで過ごすか」

　狭い座敷に、ふたりの女を寝かせるわけにはいかないが、しばらくすれば、夜が明けるはずだ。

「そのようなご迷惑をかけるわけには……」

　お鶴は、戸惑うような顔をした。

「なに、長屋には女房がいるだけだ。……それに、女房は風邪で臥せっているのでな。何もできん」

　たいした風邪ではないが、起こして世話をさせるのは可哀相である。

　ふたりの女は顔を見合っていたが、

「お言葉に甘えて、お世話になります」

と、おきよが言った。

笑月斎は夜陰につつまれた三間町の町筋を歩きながら、

……妙なことになったな。

と、胸の内でつぶやいた。

博奕で勝ったのはいいが、まさか女ふたりを長屋に連れ帰るなどとは夢にも思わなかったのだ。

長屋は、夜陰のなかでひっそりと寝静まっている。灯が洩れているのは、笑月斎の家だけだった。くめは眠らずに、笑月斎の帰りを待っているようだ。

笑月斎は腰高障子をあけて土間に入った。ふたりの女は、戸口に立っている。

くめは、夜具に横たわっていたが、身を起こすと、

「おまえさん、遅かったね」

と言って、立ち上がろうとした。そのとき、ゴホゴホと咳をした。

「くめ、起きんでいい。寝てろ、寝てろ」

笑月斎が、慌てて言った。

そのとき、くめは口に手を当てて驚いたような顔をした。戸口に立っているお鶴と

おきよの姿が目に入ったようだ。

「だ、だれなの」

くめが、目を剝いて訊いた。咳はとまっている。

「いや、いろいろあってな」

笑月斎は後ろを振り返り、入ってくれ、と小声で言った。

ふたりは土間に入ってくると、それぞれ名乗った後、

「笑月斎さまに、助けていただきました」

と言って、笑月斎に助けられた経緯（いきさつ）を簡単に話した。

「そうでしたか。……ともかく、お上がりになってくださいまし」

くめは起き上がり、慌てて夜具を畳（たた）もうとした。

「くめ、起きんでいい。寝てろ。夜が明けたらな。おれが、八寿屋まで送ってやるつもりだ」

笑月斎は、お鶴とおきよを上がり框（かまち）に腰を下ろさせた。

くめは夜具に横になったが、眠気は吹き飛んだらしい。薄闇のなかに、目だけが白く浮かび上がったように見えている。

笑月斎も上がり框に腰を下ろしたが、妙に落ち着かなかった。狭い家のなかで、女

三人に取り囲まれ、自分の居場所がなかったのである。

「湯でも沸かすか」

笑月斎は腰を上げ、竈に火を焚き付けて湯を沸かした。そして、三人に白湯を飲ませてやった。自分も飲みたかったのである。

白湯を飲んでいっときすると、腰高障子がほんのりと白んできた。

「夜明けだ」

長屋のどこかで、水を使う音が聞こえた。朝の早い家は、起きだしたようだ。

三

そろそろ、と障子のあく音がした。

だれか、部屋に入ってくるようだ。朝らしい。ほんのりと障子が白んでいる。

……お房か。

長岡安兵衛は頭のどこかで、朝の情交も、おつなものだぞ、とつぶやいた。お房が忍んできたと思ったのだ。

安兵衛は、料理屋、笹川の居候だった。お房は、笹川の女将である。安兵衛は三百石の旗本、長岡家の三男坊に生まれたが、わけあって家を飛び出し、いまは笹川の居候であり、お房の情夫でもあった。

安兵衛は二十八歳。肌が浅黒く、面長で頤が張っていた。馬面である。どう見ても男前には見えないが、憎めない顔をしていた。目のせいだった。よく動く黒眸に少年らしさが残っている。

安兵衛が寝ているのは、笹川の二階の布団部屋だった。ちかごろは、安兵衛の寝間になっている。昨夜、安兵衛は遅くまで飲んだ後、いつものように布団部屋で寝てしまったのだ。

もそもそ、と足元の布団が動いている。

……大胆な、いきなり布団にもぐりこんでくるか。

安兵衛は、目が覚めて意識がはっきりしてくるとともに胸が高鳴ってきた。

そのとき、布団がめくられ、

「起きてよ！　とんぼの小父ちゃん、起きて」

と、子供の声がした。

お房の子のお満である。

……なんだ、お満か。

スッ、と安兵衛の欲情が掻(か)き消えた。

お満は、まだ五歳だった。お房のひとり娘である。お満は、お房と夫の米次郎(よねじろう)との間に生まれた子である。

お満が二つのときに米次郎が亡くなったこともあり、子供好きの安兵衛を父親のように思っているのだ。

お満は、安兵衛のことをとんぼの小父ちゃんと呼んでいた。安兵衛のことを知る大人たちが陰で、とんぼの旦那とか極楽の旦那とか呼んでいたのを真似(まね)たのだ。極楽とんぼからきた渾名(あだな)である。

安兵衛は、飲んだくれでずぼらだった。その上、旗本の家に生まれながら、料理屋で居候し、女将の情夫でもある。まさに、極楽とんぼのような気儘(きまま)な暮らしぶりである。

ただ、安兵衛が笹川で居候するようになったのは、それなりのわけがあった。

安兵衛がたまたま笹川で飲んでいたとき、無頼牢人がお房に言い寄って、強引に体を奪(うば)おうとした。牢人はお房が独りで笹川を切り盛りしていることを知って、甘い汁を吸うつもりだったのだろう。

そのとき、店にいた安兵衛がお房を助けた。それが縁で、安兵衛は遅くまで飲んだときなど笹川に泊まるようになり、そのうち体の関係ができてしまったのである。

「とんぼの小父ちゃん、呼んでるよ」

お満が、布団の下に手をつっこんで安兵衛の足の指を握った。

指を動かして、遊ぼうとしている。この年頃の子供は、何でも玩具にしてしまう。

「だれが、呼んでいるのだ」

安兵衛は、立ち上がった。寝ているわけにはいかない。

「おかァちゃん」

「朝めしかな」

朝めしの支度ができたので、お房が安兵衛を呼びにお満を来させたのだろう。

「お客さんが、来てるよ」

「客だと」

いくらなんでも早すぎる。まだ、暖簾（のれん）も出していないだろう。

安兵衛は店の客ではないと思い、いそいで寝間着を着替えた。小袖に袴（はかま）を穿（は）いて、廊下へ出ようとすると、

「抱っこ！」

お満が、安兵衛の袴を引っ張った。

「よし」

安兵衛は、お満を抱いたまま階段を下りた。

店の格子戸のところに、お房と若い男が立っていた。見知らぬ顔である。

「旦那、八寿屋さんの伊助さんですよ」

お房が、若い男に目をやって言った。

「料理屋の八寿屋か」

安兵衛は、お満を上がり框ちかくの板間に下ろして言った。安兵衛も、八寿屋のことは知っていた。

「へい、長岡の旦那を呼びに来やした」

伊助が言った。

「八寿屋が、おれに用があるのか」

安兵衛は、八寿屋に呼ばれる覚えがなかった。

「笑月斎の旦那が、うちの店にみえてやしてね。長岡の旦那を呼んでくるよう頼まれたんでさァ」

「笑月斎がな」

安兵衛は笑月斎を知っていた。これまで、安兵衛がかかわった事件で、笑月斎の手を借りたことが何度かあったのである。

「どういうことだ。……まさか、金が払えなくなったわけではあるまいな」

昨夜、笑月斎は八寿屋で飲み、金が払えなくなって店に留め置かれ、今朝になって安兵衛を呼んだのかもしれない。

「そうじゃァねえんで。昨夜、店のお嬢さんが、笑月斎の旦那に助けられやしてね。今朝、お嬢さんを店に連れてきていただいたんでさァ」

「笑月斎が、八寿屋の娘さんを助けたのか」

「へい」

「それで？」

「いま、笑月斎の旦那は、お嬢さんのことであるじと話してやしてね。……あっしは長岡の旦那を呼んでくるよう言われて、迎えにきたんで」

「そうか」

何があったか分からないが、ともかく八寿屋へ行ってみよう。

「お房、すまぬが、茶を一杯もらえんか」

安兵衛は酒がよかったが、茶で我慢しようと思った。

「はい、はい」

お房は、すぐに板場に行って湯飲みに茶を入れてきた。

安兵衛は一息に茶を飲み干すと、

「行くぞ」

伊助に声をかけ、先に店から出た。

四

「長岡、呼びたてしてすまんな」

笑月斎が、安兵衛に言った。

八寿屋の二階の座敷だった。笑月斎と対座していたのは、五十がらみと思われる痩身の男だった。唐桟(とうざん)の羽織に子持ち縞の小袖、渋い葡萄茶(えびちゃ)の角帯をしめていた。老舗の料理屋のあるじらしい身装(みなり)である。八寿屋のあるじの吉兵衛であろう。その顔に、憂慮(ゆうりょ)の翳(かげ)が張り付いていた。

「八寿屋のあるじ、吉兵衛でございます。長岡さまのお噂(うわさ)は、耳にいたしております。……朝からお呼びたてして、まことに申し訳ございません」

吉兵衛は、丁寧な物言いで挨拶した。

駒形町や浅草などの料理屋、料理茶屋、置屋などの間で、安兵衛の名は知られていた。安兵衛は笹川だけでなく、他の店が巻き込まれた事件や揉め事などにもかかわって解決したことがあったからだ。

安兵衛は用意された座布団に腰を下ろすと、

「娘さんのことで、何かあったそうだな」

と、すぐに訊いた。

「まず、おれから話そう」

笑月斎が、昨夜のできごとを一通り話した。

「娘が店を出た後、源次郎という男は、おとなしく帰ったのか」

安兵衛が訊いた。

「また、来るといって、昨夜遅く帰りました」

吉兵衛が、困惑したような顔をして言った。

「そやつ、何者なのだ」

ならず者を五人も連れてきたとなると、源次郎はただの遊び人ではないだろう。

「親が料理屋をやっていると言ってましたが……」

吉兵衛は語尾を濁した。信用できなかったのだろう。

「それで、源次郎は娘さんをどうしようというのだ」

まさか、店に乗り込んで、親や奉公人たちの目の前で攫うつもりではあるまい。

「そ、それが、お鶴といっしょになって、この店を継ぐというのです」

吉兵衛が、顔をしかめて言った。

「な、なに、八寿屋を継ぐと……」

安兵衛は、驚いた。源次郎は娘を攫ったり誑かしたりして、店から大金を巻き上げようとしているのではないらしい。

「料理屋で育ったので、料理のことや店の切り盛りはよく分かっている。……おれほど、この店に相応しい男はいないと申しまして」

「それで、どう返事したのだ」

「むろん、断りました」

吉兵衛が苦悩するように眉を寄せて言った。

「娘は？」

「ひどく嫌がっております」

「それで、源次郎は何と言ったのだ」

「いまは嫌でも、しばらくいっしょに暮らせば、すぐに離れられなくなると申しまして……」

「図々しい男だな」

安兵衛は呆（あき）れた。それにしても、吉兵衛や娘にすれば困ったことだろう。

「長岡」

黙って話を聞いていた笑月斎が、口をはさんだ。

「源次郎だがな、何をするか分からんぞ。……このまま引き下がるとは思えん」

「うむ……」

安兵衛も、笑月斎の言うとおりだと思った。昨夜、源次郎は五人もならず者を連れて店に乗り込んできたという。料理屋の倅（せがれ）だというが、ならず者たちともつながりがあるようだ。

「それで、長岡さまと笑月斎さまに、お願いがあるのです」

吉兵衛が声をあらためて言った。

「娘の鶴を、守っていただけないでしょうか」

「娘を守れと言われてもな。娘のそばに、張り付いているわけにはいかないし……」

「源次郎が、店に来るのは、いつも五ツ（午後八時）ごろです。そのころ店にいていただき、応対していただければ……」

吉兵衛によると、源次郎は三月ほど前から店に来るようになったが、いつも五ツごろだという。当初は客として来るだけだったが、そのうち、お鶴を座敷に呼んだり、お鶴のいる部屋へ勝手に入り込んだりするようになったそうだ。

「おれは、かまわんが、笑月斎はどうする」

たいしたことではない、と安兵衛は思った。笹川から八寿屋まで近かったし、五ツごろ八寿屋に来て、源次郎たちを追い返せばいいのだろう。それも、二、三度脅して やれば、八寿屋のことは諦めるにちがいない。

「おれも、やってもいいが、八卦見の商売に行けなくなるし、懐は寂しいし……」

笑月斎は、照れ臭そうな顔をした。暗に、礼金を要求したのだ。

「むろん、お礼は差し上げます」

慌てて吉兵衛が言った。

「いいがでしょうか。とりあえず、おひとり五十両では……。むろん、長引くようであれば、あらためてお礼を差し上げます」

ふたりで、百両ということらしい。安くないが、吉兵衛にすれば大事な娘といっしょに自分の店を乗っ取られる瀬戸際である。百両も惜しくはないのだろう。

「承知した」

安兵衛は、五十両あれば、しばらく金の心配はせずに済む、と思った。

「おれも承知だ」

笑月斎もすぐに答えた。

「しばし、お待ちを」

吉兵衛は腰を上げると、そそくさと座敷から出て言った。帳場に金を取りに行ったのかもしれない。

しばらくすると、吉兵衛は袱紗包み（ふくさづつみ）を手にしてもどってきた。

吉兵衛は、膝先で袱紗包みをひらいた。切餅（きりもち）が四つ包んであった。切餅ひとつに一分銀が二十五両分包んであるので、四つで百両ということになる。

吉兵衛は安兵衛と笑月斎の膝先に、切餅を二つずつ置き、

「お納めください」

と言って、ちいさく頭を下げた。

「いただいておく」

安兵衛と笑月斎は切餅を懐にしまった後、吉兵衛もまじえて今後どうするか相談した。その結果、しばらくの間、安兵衛と笑月斎のふたりで、五ツ（午後八時）ごろから一刻（二時間）ほど、八寿屋で待機することになった。

五

「笑月斎、一杯やらんか。いい酒だぞ」

安兵衛が銚子を手にして言った。

八寿屋の二階の奥の座敷だった。馴染みの独り客などに使わせる小座敷である。そこで、安兵衛と笑月斎は、八寿屋で用意してくれた酒肴の膳を前にして一杯やっていたのだ。

「長岡、酒もいいが、ほどほどにせんとな」

笑月斎は、盃で酒を受けながら言った。

「なに、これくらいの酒で酔ったりはせん」

そう言いながら、安兵衛は手酌で盃に酒をついだ。

安兵衛は無類の酒好きで、飲ん兵衛安兵衛などと陰口をささやかれていた。安兵衛が自堕落な生活をつづけているのも、酒が原因といってもいい。

安兵衛は若いころ神道無念流の道場に通い、俊英と謳われるほどの遣い手になったが、酒で失敗し、道場をやめざるをえなくなったのだ。

安兵衛が実家の屋敷を出て、笹川で居候をするようになったのも、酒のせいである。浅草界隈を飲み歩くうち、笹川を馴染みにするようになり、無頼牢人からお房を助けたことをきっかけにいまのような暮らしをするようになったのである。

「今夜も、来ないかな」

笑月斎は、ゆっくりと盃をかたむけた。

安兵衛と笑月斎が、八寿屋に待機するようになって三日目だった。まだ、源次郎は姿を見せなかった。

今夜も、すでに五ツは過ぎている。八寿屋には大勢の客が入り、嬌声(きょうせい)や客の哄笑(こうしょう)、弦歌の音(ね)などのさんざめきが聞こえていた。

「のんびりやるさ」

安兵衛は盃の酒を飲み干した。

「こうやって、待つのも悪くないぞ。酒も料理も旨いからな」

笑月斎が満足そうな顔をした。

「まったくだ」

安兵衛が銚子を手にし、盃に手酌でつごうとしたとき、廊下で足音がした。慌てているらしく、足音が乱れている。

障子があいて、女中のおきよが入ってきた。

「げ、源次郎たちが、来ました！」

おきよが声を震わせて言った。

「どこにいる」

すぐに、安兵衛は立ち上がった。

「店に入って、すぐの座敷に」

「吉兵衛は？」

安兵衛は、傍らに置いてあった朱鞘の大刀をつかんだ。

笑月斎も刀を手にして立ち上がった。

「だ、旦那さんは、源次郎たちといっしょに」

安兵衛は廊下に出ながら、

「源次郎ひとりか」

と、おきよに訊いた。

「それが、四人です」

おきよが先にたって歩きながら、早口で話したことによると、源次郎の他に遊び人ふうの男がひとり、それに武士がふたりいるそうだ。また、吉兵衛と八寿屋の帳場を預かっている番頭格の房蔵もいっしょだという。

「武士がふたりいるのか」

安兵衛は足をとめて訊いた。武士がいっしょに来るとは思ってもみなかった。それも、ふたりだという。

「用心棒を連れてきたのかもしれんぞ」

笑月斎がきびしい顔をした。

「ともかく行ってみよう」

安兵衛と笑月斎は、おきよについていった。

「こ、ここです」

おきよは、帳場につづく座敷の前で足をとめた。

そこは客を入れる座敷だったが、客との間で揉め事があったおりに談判のために使われることもあった。

「入るぞ」

安兵衛は、笑月斎に小声で言ってから障子をあけた。

座敷に、六人の男が座していた。吉兵衛と房蔵、それに町人体の男がふたり、武士がふたりである。

町人体の男は、遊び人ふうの男と料理屋の若旦那ふうの男だった。若旦那ふうの男が、源次郎らしい。羽織に細縞の小袖姿だった。二十四、五であろうか。切れ長の目をし、唇が薄かった。酷薄そうな顔付きである。

遊び人ふうの男は、三十がらみであろうか。面長で、目が細かった。

武士は、ふたりの町人の両脇に座していた。ひとりは羽織袴姿で肩幅がひろく、どっしりとした腰をしていた。軽格の御家人ふうである。もうひとりは、一見して牢人と分かる風体だった。総髪で、痩せていた。着古した小袖に羊羹色の袴である。ふたりとも、左脇に刀を置いていた。

……ふたりとも、遣い手だ。

と、安兵衛はみてとった。

ふたりの座っている姿に、隙がなかった。

安兵衛と笑月斎が座敷に入っていくと、ふたりの武士は刺すような鋭い目をむけたが、表情は変えなかった。

「お、おふたりは、ここへ」

吉兵衛が脇に手をむけた。

安兵衛と笑月斎は、吉兵衛の脇に座った。

「なんだ、おめえたちは」

源次郎らしい男が訊いた。声に刺があある。物言いは、料理屋の若旦那というより、ならず者である。

「八寿屋の者だ。店に揉め事があるとな、そちらにいる御仁のように、談判を買ってでるのだ」

安兵衛が、ふたりの武士に目をむけて言った。

「おぬし、名は」

御家人ふうの男が誰何した。

「そちらから先に、名乗ってもらおうか」

「おれか。……相模十郎兵衛だ」

武士が名乗った。

安兵衛は、相模の名に覚えがなかった。

もうひとりの牢人は、無表情のまま口をとじている。

「おれは、長岡安兵衛だ」

安兵衛が名乗ると、遊び人ふうの男が、

「こいつが、極楽とんぼだ」

と、揶揄（やゆ）するように言った。安兵衛のことを知っているらしい。

「この男かい、極楽の旦那は」

源次郎らしい男が、口許（くちもと）に薄笑いを浮かべて言った。

「ああ、おれが極楽とんぼだよ。それで、おまえか、八寿屋の娘を勾引（かどわ）かそうとした悪党は」

安兵衛が、源次郎らしい男を見すえて訊いた。

「極楽の旦那、おれが源次郎だ。ちかいうちに、この八寿屋を引き継ぐつもりなのでな、よろしく頼むぜ」

そう言って、源次郎は吉兵衛にも目をやった。

「源次郎、強請（ゆすり）より質（たち）が悪いな。どうせ、金が目当てだろうが、若い娘まで巻き込むとはな」

安兵衛が言った。

「旦那、冗談じゃァねえや。おれは、この店に金を出せなんて言った覚えはねえぜ。娘といっしょになって、さらに八寿屋をもりたててやるつもりでいるんだ。おれにまかせてみな、三年でこの八寿屋を江戸随一の店にしてやるから——。吉兵衛さんだって、江戸一番の料理屋の隠居として、一生安楽な暮らしができるんだぜ。こんないい話は、ねえじゃァねえか」

源次郎が、声を大きくしてしゃべった。

「お、お断りします。てまえも、娘も、そんな気はいっさいございません」

吉兵衛が、声を震わせて言った。

「聞いたか、源次郎。この店のあるじは、おまえに店をまかせる気などまったくないそうだ。娘といっしょにさせる気もな。それに、今後、いっさい店に来てもらっては困るそうだよ」

安兵衛が、源次郎を見すえて言った。

「いまはそう言っても、すぐに、おめえたちの方から娘といっしょになって八寿屋をもり立ててくれ、と頼むことになるぜ」

源次郎が、また口許に薄笑いを浮かべた。だが、目は笑っていなかった。獰猛な獣を思わせるような殺気だったひかりを宿している。

そのとき、源次郎の話を黙って聞いていた笑月斎が、

「おい、源次郎、おまえの仲間から、おれのことを聞かなかったか。次は首を落とすと言っておいたはずだぞ」

と、源次郎を見すえて言った。

「てめえか！　おれたちの邪魔をしたのは」

源次郎が声を荒らげた。

「こいつは、笑月斎だ。八卦見だよ」

そのとき、牢人がくぐもった声で言った。どうやら、笑月斎のことを知っているらしい。

「おれの八卦では、八寿屋からすぐに手を引かねば、おまえたちの命はないと出てるぞ」

笑月斎が男たちを見すえて言った。

「なに！」

源次郎が眉をつり上げた。

すると、ふたりの武士が左脇に置いてあった刀に手をかけた。

「やるか！」

すかさず、安兵衛と笑月斎が刀を引き寄せた。

吉兵衛と房蔵が慌てて後ろにいざり、源次郎と遊び人ふうの男も身を引いた。

四人の武士は動かなかった。対座したまま、睨み合っている。

……できる！

安兵衛は、相模も牢人も尋常な遣い手ではないとみた。ふたりの身構えには隙がなく、全身に気魄が漲っている。

安兵衛の全身が顫えた。恐怖や怯えではない。強敵と対峙したときの武者震いである。対峙したまま数瞬が過ぎた。

ふいに、相模が体から力を抜いて口許に薄笑いを浮かべ、

「ここで、やれば、双方とも死ぬな」

と、つぶやくような声で言った。

「お互い生きて座敷から出られないかもしれん」

安兵衛も、ここで斬り合えば、何人も死ぬだろうと思った。

「いずれ、あらためて挨拶にくるか」

相模が源次郎に顔をむけて言った。

「へ、へい」

源次郎が、こわばった顔でうなずいた。

「聞いたとおりだ。今日のところは引き上げよう」

相模は刀を手にして立ち上がった。つづいて、源次郎が立ち、牢人と遊び人ふうの男も立ち上がった。

「覚えてろ！　この借りは、ちかいうちに返すからな」

遊び人ふうの男が捨て台詞を残し、源次郎たち四人は座敷から出ていった。

座敷のなかにつっ立ったまま四人の背を見送った吉兵衛が、

「お、恐ろしい男たちです……」

と、声を震わせて言った。

六

「だ、旦那、長岡の旦那！」

伊助が笹川に飛び込んできた。

「どうした、伊助」

安兵衛が訊いた。

四ツ（午前十時）過ぎだった。安兵衛は昨夜遅くまで飲んだせいで、今朝陽が高くなってから起きだした。その後、お房に頼み茶漬けを作ってもらい、ちょうど食べ終えたところである。

「すぐ、来てくだせえ！　ならず者たちが、店で暴れていやす」

伊助が声を上げた。

「源次郎たちか」

安兵衛は、板間の上がり框に腰を下ろしていたが、脇に置いてあった刀を手にして立ち上がった。

「源次郎の仲間でさァ」

「よし、行くぞ」

安兵衛は、伊助につづいて戸口から飛び出した。

駒形町の表通りから、八寿屋のある浅草茶屋町にむかった。浅草寺の門前通りに出ると、参詣客や遊山客などで賑わっていた。

門前通りを北に向かうと、茶屋町に入り、通りの先に浅草寺の雷門が見えてきた。八寿屋はすぐである。

「だ、旦那、まだいやす！」

伊助が声を上げた。

見ると、八寿屋の前に人だかりができていた。通りすがりの参詣客や遊山客らしい。女や子供の姿もあった。店のなかから、男の怒鳴り声や瀬戸物の割れるような音が聞こえた。ならず者たちが暴れているようだ。

「どけ！　どけ！」

安兵衛は、叫びながら人だかりに走り寄った。

八寿屋の前に集まっていた野次馬たちが、慌てて左右に身を引いた。

あいたままの店の格子戸の間から、ならず者らしい男の姿が見えた。障子を破るような音がし、女の悲鳴が聞こえた。

安兵衛は戸口で抜刀し、店のなかに飛び込んだ。

ふたりの遊び人ふうの男が、暴れていた。ふたりは土間を上がってすぐの板間にいて、置物の壺を投げたり、右手の座敷の障子を蹴破ったりしていた。もうひとり、左手の帳場にもいた。莨盆(たばこぼん)を投げたり、帳面を破ったりしている。

板間にいたひとりが、抜き身を引っ提げて飛び込んできた安兵衛を見て、

「長岡だ！」

叫びざま、土間に飛び下りて逃げようとした。

「逃がさぬ！」

安兵衛は男の脇に踏み込み、刀を横に払った。

切っ先が、男の左手をとらえた。

にぶい骨音がし、だらりと左手が垂れ下がった。皮だけ残して左腕を骨ごと截断(せつだん)し

たのだ。

ギャッ！

絶叫を上げて、男がよろめいた。截断された腕から血が赤い帯のように流れ、土間に音をたてて落ちた。

男は戸口から逃げようとして敷居につまずき、前につんのめって倒れた。もうひとりの男が、ワアッ！　と悲鳴を上げ、戸口から飛び出そうとした。

タアッ！

鋭い気合を発し、安兵衛が後ろから斬りつけた。

袈裟（けさ）へ——。踏み込みざまの片手斬りである。

ザクッ、と男の肩から背にかけて着物が裂けた。あらわになった肌に血の線がはしり、ふつふつと血が噴いた。

男は、絶叫を上げて逃げていく。逃げ足は速かった。それほどの深手ではなかったらしい。

帳場にいた男が、板間に飛び出し、

「逃げろ！　長岡だ」

と叫びながら、奥へむかって廊下を走った。

この男は、源次郎といっしょに八寿屋に来ていた遊び人ふうの男である。男は、逃げろ！　逃げろ！　と叫びながら、廊下を走って逃げていく。

廊下沿いの座敷にいたふたりの男が、廊下に飛び出してきた。戸口とは別に、座敷にもいたようだ。背戸から逃げるつもりらしい。

安兵衛は追った。だが、三人の男の逃げ足は速かった。初めから、逃げ道が決めてあったのかもしれない。

三人の男は、板場を通って背戸から飛び出した。

安兵衛も板場を抜けて背戸から外に出たが、狭い路地を逃げていく三人は遠ざかっていた。追い付きそうもない。

……逃げられた。

安兵衛は後を追わずに、店にもどった。

戸口に行くと、吉兵衛、房蔵、伊助、それに、女中や包丁人の姿もあった。どの顔もこわばり、身を顫わせていた。

「おい、怪我はないか」

安兵衛は、集まっている店の者に目をやりながら訊いた。

「ご、ございません」

吉兵衛が声を震わせて言った。

「娘は、無事か？」

「無事です。しげとふたりで、帳場にいます」

おしげは、吉兵衛の女房だった。

帳場を見ると、女がふたり蒼ざめた顔をして立っていた。おしげとお鶴らしい。おしげは年配だが、女将(おかみ)として八寿屋の切り盛りにもかかわっていると聞いていた。

「店は荒らされたが、怪我人はないようだ」

安兵衛は、ほっとした。荒らされた店は、修復できるはずである。

「長岡さま、ひとり戸口に残っていますが」

房蔵が小声で言った。

「腕を斬った男だな」

「は、はい」

「行ってみよう」

安兵衛は戸口から外へ出た。

戸口の脇から、男がひとりへたり込んでいた。右手で、左腕を押さえている。左袖が、血で真っ赤に染まっていた。男はひき攣(つ)ったような目をし、蒼ざめた顔で身を顫わせている。

「おい、このままでは死ぬぞ」

男の腕からの出血が激しかった。安兵衛は手足の傷であっても、多量の出血で死ぬことを知っていた。

「……！」

男は安兵衛の顔を見て、恐怖の色を浮かべた。

「おれが、手当てしてやる」

安兵衛は男の左袖を切り落とし、男の左腕に巻き付けた。

そして、そばにいた房蔵に手ぬぐいを何本か持って来させ、傷口付近に幾重(いくえ)にも巻き付けると、房蔵の手も借りて強く縛り上げた。出血をとめるためである。

「これでよし」

いずれ、左腕は截断することになろうが、出血がおさえられれば、命は助かるだろう。

「おまえの名は」

安兵衛が誰何した。

「ろ、六造(ろくぞう)で……」

男が声をつまらせて言った。安兵衛に命を助けられたせいか、隠す気はないようだ。

「源次郎の仲間か」

「そ、そうじゃァねえ。辰三郎（たつさぶろう）に、頼まれたんでさァ」

辰三郎というのは、帳場にいた男だという。源次郎やふたりの武士といっしょに、八寿屋に来たひとりである。

六造の話だと、今戸町の一膳めし屋で遊び仲間と飲んでいると、辰三郎と名乗る男が来て、ちょいと手を貸してくれれば、ひとり頭一両出す、と言われ、ここに来たという。

「すると、辰三郎以外はおまえの遊び仲間か」

「へい……」

六造が首をすくめるようにうなずいた。

「嫌がらせか」

源次郎が辰三郎に指示して、八寿屋に嫌がらせをしたようだ。

安兵衛が口をつぐんでいると、六造は右手で左腕を押さえながら立ち上がり、

「あっしを、帰（けえ）してくれ」

と、蒼ざめた顔で言った。

「帰ってもいいが、辰三郎に会ったら言っておけ。……今度、八寿屋に姿を見せたら命はないとな」

「へえ……」

六造は、ふらふらしながら歩きだした。

七

「こ、これで、源次郎は手を引くでしょうか」

吉兵衛が、不安そうな顔をして訊いた。

八寿屋の一階の奥の座敷に、安兵衛、笑月斎、吉兵衛の姿があった。安兵衛が辰三郎たちを追い返した後、伊助が笑月斎を呼びにいったのだ。

「引かないな」

辰三郎たちは、安兵衛や笑月斎が八寿屋にあらわれたら、すぐに逃げるつもりだったのである。安兵衛に追い返されたからといって、八寿屋から手を引くとは思えない。

「また、店に押し入ってくるでしょうか」

吉兵衛は困惑したように顔をゆがめた。

「今度は、別の手を打ってくるかもしれないな」

店に嫌がらせをするとしても、別の手を使ってくるだろう。

「な、何を、するつもりですかね」

吉兵衛が、不安そうな目を安兵衛と笑月斎にむけた。

「分からん」

安兵衛が言うと、笑月斎が、

「お鶴さんのいる部屋に押し込んで、攫っていくかもしれんぞ」

と、顔をきびしくして言った。

「そ、それだけは……」

吉兵衛が震えを帯びた声で言った。

「娘さんを攫うときは、源次郎とふたりの武士も来るだろうな」

相模と牢人が来たら、ひとりでは太刀打ちできない、と安兵衛は思った。

「それに、いつ来るか分からんぞ。今度のように、朝のうちに仕掛けてくるかもしれんしな」

辰三郎たちは、八寿屋に客も安兵衛たちもいないときを狙って、店に踏み込んできたのである。

「困ったな。朝から、ふたりで店につめているわけにもいかないし……」

笑月斎が当惑したような顔をした。

次に口をひらく者がなく、座敷が重苦しい沈黙につつまれたとき、

「どうだ、お鶴さんを笹川にあずけたら」

と、笑月斎が言った。

「笹川に、あずけるだと」

安兵衛は驚いたような顔をした。

吉兵衛も、戸惑うような顔をして笑月斎に目をむけた。

「そうだ。……店の者に分からないように、笹川にお鶴さんを連れていって匿ってもらうのだ。笹川なら長岡がいつもいっしょにいるし、おれもすぐに駆け付けられる」

「匿うといってもな」

安兵衛は、八寿屋の娘が笹川に身を隠していることは、すぐ界隈に知れ渡るだろうと思った。

「女将の知り合いの娘に、店の手伝いに来てもらったことにでもするのだ。……それに、あまり表には出さないようにすればいい」

笑月斎が身を乗り出すようにして言った。

「うむ……」

　お鶴を八寿屋に置いておくよりは、いいかもしれない、と安兵衛は思ったが、渋い顔をしたまま黙っていた。お房が何というか、安兵衛には分からなかったのである。

　吉兵衛も、困ったような顔をして口をつぐんでいた。

「それとも、この店にお鶴さんを置いておくか。源次郎たちは、いつ来るか分からんぞ。……おれも長岡も、一日中この店に張り付いていることはできんからな」

　笑月斎が、声を大きくして言った。

「で、ですが、笹川の女将さんが、どうおっしゃるか……」

　吉兵衛は口ごもった。

「なに、笹川の女将は承知するさ。……それに、お鶴さんも、他の料理屋で手伝いをすれば、いい経験になる。いずれ、婿をとって八寿屋を継がせるなら、いまのうちに他人の飯を食わせておくこともだいじだぞ」

　笑月斎が、分別くさい顔をして言った。

「分かりました。笹川の女将さんに頼んでみます」

　吉兵衛が、腹を固めたらしく声を強めて言った。

　話がまとまったとき、安兵衛が、

「ところで、吉兵衛、なぜ、町方に話さないのだ」

と、声をあらためて訊いた。

吉兵衛には、此度の件を町方に話す気がないようだ。

源次郎たちは、あまりに強引で一方的なやり方だが、お鶴を嫁にしたいと言っただけである。だが、辰三郎はちがう。ならず者たちといっしょに店に乗り込んできて、店を壊したのだ。町方に話せば、捕らえてくれるのではあるまいか。

「伝蔵親分に話したこともあるのですが、いい婿が迎えられそうで、よかったじゃァないか、と言っただけで、まったく取り合ってくれないのです」

伝蔵は、浅草界隈を縄張にしている岡っ引きである。面倒なことには首をつっ込まず、金ずくで動くと、悪評判の男である。

「伝蔵は、頼りにならんな」

笑月斎が、顔をしかめて言った。

「もうひとつ、分からないことがあるのだがな」

安兵衛が言った。

「何でしょうか」

「料理屋の若旦那ということだが、店はどこにあるのだ」

「それが、どこの店かは言わないのです」

「店が分からないのか」

「はい。ですが、料理屋の内情をよく知っていて、あの男には素人とは思えないところもございます」

「それにしても、料理屋の若旦那とは思えないな。まるで、やくざの親分のようなやり方ではないか」

同行した辰三郎、相模、それに名の知れない牢人も、真っ当な男には見えなかった。やくざの用心棒のような連中である。

「てまえにも、やくざ者のように見えましたが……」

吉兵衛が不安そうな顔をした。

「ともかく、源次郎が何者かはっきりさせた上で、手を打たないと始末はつかないかもしれんぞ」

安兵衛が言うと、

「おれも、そうみている」

笑月斎が、顔をひきしめて言った。

第二章　仲間たち

一

笹川の座敷に、お房、お鶴、吉兵衛、安兵衛、笑月斎の五人の姿があった。

安兵衛と笑月斎が、吉兵衛と相談した三日後である。まだ、六ツ半（午前七時）ごろだった。笹川の店内は、ひっそりとしている。夜の遅い笹川はまだ暖簾も出していなかったし、料理の下拵(したごしら)えも始まっていなかった。

吉兵衛とお鶴は、八寿屋の奉公人や近所の者にも知られないように、浅草の繁華街がまだ眠っている早朝、そっと店を抜け出し、笹川に姿を見せたのだ。

「お綺麗な、お嬢さんだこと……」

お房は、お鶴の顔を見て笑みを浮かべた。

「女将さん、お世話になります」

吉兵衛が殊勝な顔をして言った。

すると、吉兵衛の脇に立っていたお鶴が、

「鶴でございます。……よろしくお願いいたします」

と、消え入りそうな声で言って頭を下げた。

「お鶴さん、心配いりませんよ。乱暴な客はいませんし、忙しいときだけ手伝ってくれればいいんですからね」

お房がやさしい声で言った。

「はい……」

「それから、名をお勝さんに変えてくださいな。わたしの姪に、お勝という娘がいましてね。この店にいる間だけ、その娘になってもらいますから」

「お勝さんですか」

「そうです。……悪いけど、お勝と呼びますよ」

「はい」

「それに、お勝は草加の在に住んでるんです。……お鶴さん、草加から来たように話を合わせてくださいな」

「分かりました」

お鶴の頬が朱を刷いたように染まり、目に輝きがあった。お鶴には、初めて親元を離れて旅にでも出るような高揚感があるようだ。

「何かあったら、八寿屋に知らせてください。すぐに、来ますから」

吉兵衛が心配そうな顔をして言った。

「吉兵衛、そう心配するな。家を離れるといっても、すぐ近くではないか」

安兵衛が言った。

「は、はい」

「だがな、心配して笹川を覗きに来たりするなよ。お鶴さんが、ここにいることが源次郎たちに知れたら何にもならないからな」

「承知しております」

「吉兵衛、おれも笹川にいるようにしよう」

笑月斎が、脇から口をはさんだ。

「お鶴のことを、よろしくお願いします」

吉兵衛はあらためてお房や安兵衛たちに頭を下げて、心配そうな顔をして笹川から出ていった。

「さァ、お勝、着替えましょうか」

お房が言った。

お鶴は振り袖ではなかったが、町娘のような花柄の単衣だった。帯も派手な色合である。

「はい」

お鶴は、お房につづいて二階に上がった。

お鶴は、二階の小座敷を自分の部屋として使うことになっていた。安兵衛が寝起きしている布団部屋と、離れたところにある小部屋だった。お房が、気を利かして安兵衛と離したらしい。

その座敷に、お鶴の衣類や小物などが、昨夜のうちに運び込まれていた。八寿屋の奉公人にも知れないように、昨日の明け方、安兵衛と笑月斎で風呂敷に包んだ物を運び込んでおいたのだ。

お鶴の荷を運んだとき、吉兵衛も笹川に顔を出し、あらためて事情を話した上で、お鶴をしばらく匿ってくれるようにお房に頼んだ。

お房は、すでに安兵衛から話を聞いていたこともあり、吉兵衛の依頼を快く承諾した。そのさい、吉兵衛は礼として、お房に五十両、安兵衛と笑月斎にもあらためて五十両ずつ手渡した。大金である。それだけ、吉兵衛はひとり娘のお鶴のことが心配なのであろう。お房はいったん礼金を断ったが、吉兵衛がそれでは気が済まないと強く言ったので、もらうことにした。

そうしたこともあって、お房は二階の客用の小座敷をお鶴のためにあけたのである。

安兵衛と笑月斎は、冷えた茶をすすりながらお房とお鶴がもどって来るのを待った。

「長岡、このままというわけにはいかんぞ」

笑月斎が顔をひきしめて言った。

「分かっている」

お鶴を笹川で匿ったとしても、長く隠してはおけない。そのうち、源次郎たちは知るはずである。

「源次郎が気付いて何か仕掛けてくる前に、おれたちが源次郎の居所をつかんで手を打たねばなるまい」

安兵衛が言った。

「そうだな」

「何か手はあるか」

「まず、源次郎が何者かつかむことだ。源次郎は料理屋の若旦那だそうだが、その料理屋が知れれば、素姓も分かるだろう」

「それに、辰三郎と相模を探る手もあるな」

「玄次(げんじ)なら、知っているかもしれんぞ」

安兵衛は、玄次の手を借りようと思った。

蝶々(ちょうちょう)の玄次と呼ばれる男で、ふだん八ツ折りの編み笠をかぶり、玩具の蝶を売り歩いている。

玄次は蝶々売りになる前、北町奉行所の定廻り(じょうまわり)同心、倉持信次郎(くらもちしんじろう)に手札をもらっている腕利きの岡っ引きだった。ところが、追っていた盗人を誤(あやま)って殺してしまったことから、倉持に手札を返し、子供相手の玩具売りを始めたのである。

ただ、まったく町方の仕事から手を引いたわけではなく、今でも倉持に依頼されて事件の探索や尾行などにあたることがあった。

安兵衛も、笹川がかかわった事件の解決のため、何度か玄次に手を借りたことがあった。玄次は、安兵衛や笑月斎にとっても頼りになる男である。

「ともかく、玄次に会ってみよう」

安兵衛は明日にも浅草寺の境内に行ってみようと思った。玄次は、境内で蝶の玩具を売っていることが多かったのだ。

「おれも、賭場に顔を出して、辰三郎や相模のことを探ってみるか」

笑月斎が、口許に薄笑いを浮かべて言った。

その薄笑いを見た安兵衛は、

……笑月斎のやつ、博奕を打ちたいだけだろう。

と思ったが、何も言わなかった。

二

障子があいて、お満が顔を出した。手に、千代紙で折った鶴を持っている。

「お満、どうした、その鶴」

安兵衛は、袴の紐をしめながら訊いた。

これから、安兵衛は浅草寺の境内に出かけるつもりだった。

「お勝のお姉ちゃんに、折ってもらったの」

お満が、嬉しそうな顔をして言った。

「よかったな」

どうやらお鶴は、店が暇なときはお満の遊び相手になっているようだ。

笹川には、お春（はる）というお鶴と同じ年頃の通いでくる女中がいた。お満は、お春と遊ぶのが好きだったが、お鶴とも喜んで遊んでいるらしい。

笹川には他に、包丁人の峰造（みねぞう）、船頭の梅吉（うめきち）がいた。お春は、梅吉の娘である。

「とんぼの小父ちゃん、来てるよ」

お満が、安兵衛の顔を見上げて言った。

「だれが、来てるのだ」

「又八（またはち）さん」

「又八か」

お満が二階に上がってきたのは、又八が来たためらしい。お房から、安兵衛に又八のことを知らせるように言われたのだろう。

又八はぼてふりだが、笹川に頼まれて料理の魚介類をとどけている。暇なときは、笹川に入り浸っていることが多い。

又八は笹川に新しい女中が来たと知って、顔を見に来たのではあるまいか。

安兵衛は朱鞘の大刀を手にし、お満につづいて階段を下りた。

階下の土間に、又八が立っていた。お房とお春の姿もあったが、お鶴はいなかった。まだ、暖簾を出していないので、二階の自分の座敷にいるのだろう。

「極楽の旦那、お出かけで」

又八が揉み手をしながら言った。

二十代半ば、丸顔でどんぐり眼（まなこ）である。黒の丼（どんぶり）（腹掛けの前隠し）に半纏（はんてん）、豆絞りの手ぬぐいを肩にかけていた。魚屋らしい身装（なり）である。

又八は平気で、安兵衛のことを極楽の旦那とか、とんぼの旦那と呼ぶ。そのせいで、お満までとんぼの小父ちゃん、と呼んでいる。もっとも、安兵衛は極楽と呼ばれようが、とんぼと呼ばれようが気にもしなかった。

「そこまでな」

安兵衛は土間に下りて、手にした刀を腰に差した。

又八は、安兵衛に身を寄せ、

「浅草寺ですかい」

と、小声で訊いた。

「よく分かったな」

「へッへへ、そろそろ玄次親分のところに、顔を出すころだと睨んでたんでさァ」

又八は、玄次が腕利きの岡っ引きだったことを知っていて、親分と呼んでいる。

「いい読みだ」

おそらく、又八は八寿屋の騒ぎに安兵衛が駆け付けたことを耳にしたのだろう。

「あっしも、お手伝いしやすよ」

又八は、安兵衛といっしょに玄次のところに行くつもりらしい。

どういうわけか又八は捕物好きで、安兵衛がかかわった事件に首をつっ込んでくることが多い。又八は、いずれ岡っ引きになりたいと思っているようだ。

「手伝うって、何をするつもりだ」

お節介な男だ、と安兵衛は思った。騒ぎ立てると、お鶴が笹川に匿われていることも近所に知れてしまう。

「八寿屋の件で、あっしにもできることがあると思いやしてね」

又八が、目をひからせて言った。

「おまえも、暇らしいな。……来たければ、来ればいい」

そう言い置いて、安兵衛は店の戸口から通りに出た。

すぐに、又八が飛び出して来て、安兵衛についてきた。

「極楽の旦那、笹川に可愛い娘がいやすね」

又八が、小声で言った。お鶴のことらしい。

「お勝のことか」

安兵衛は、お鶴の名を出さなかった。

「へい、あの娘、女将さんの姪だそうですね」

「そうらしいな」

安兵衛は、気がない声で言った。

「家は草加の在だと聞きやしたが、それにしちゃァ垢抜けてる。……何かいわれが、ありそうな娘だが、旦那、何か隠してやすね」

又八が、目をひからせて訊いた。

「隠してなどいない」

「どうも怪しい」

「又八！」

ふいに、安兵衛が声を大きくした。

「お勝はな、事情があって笹川に身を隠しているのだ。おまえが、あれこれ詮索してしゃべって歩けば、お勝の身が危うくなるのだぞ」

「へえ……」

又八は首をすくめた。

「又八、おれが玄次を買っているのは、なぜか知っているか」

「玄次親分は、目明かしとしての腕がいいからでさァ」

「それだけではない。おれが、玄次を買っているのは、口が堅いからだ」

「………」

「又八、おまえも、目明かしになる気があるんじゃァねえのか」

安兵衛は、伝法な物言いをした。笹川に出入りする者と話していると、町人言葉や乱暴な物言いになるのだ。

「へい、玄次親分を見習いてえと思っていやす」

又八が殊勝な顔をして言った。

「それなら、お勝のことをしゃべるな。……腕のいい目明かしになれるかどうかは、おまえの口の堅さにかかっているのだぞ」

「しゃべらねえ。おれは、口が裂けてもお勝のことはしゃべらねえ」

又八がむきになって言った。

「それなら、玄次に負けねえ、いい目明かしになれるだろうよ」

ふたりが、そんなやり取りをしながら歩いているうちに、浅草寺の雷門が眼前に見えてきた。

三

浅草寺の境内は、大勢の参詣客で賑わっていた。参道を様々な身分の老若男女が行き交っている。

茶店、楊枝屋、薬屋などの床店が並び、子供相手の飴売り、独楽回し、からからと呼ばれる豆太鼓売りなどが、声を上げて客を集めていた。

「玄次がいるのは、仁王門の先だったな」

安兵衛と又八は、人混みを分けるようにして仁王門をくぐった。

「旦那、あそこにいやす」

又八が指差した。

見ると、玄次が手水舎の脇にいた。

八ツ折りの編み笠をかぶり、両手で蝶々の玩具をひらひらさせ、首に玩具の入った箱をかけている。

「蝶々、とまれ、蝶々、とまれ――」

玄次は節をつけた口調で声を上げながら、蝶をひらひらさせたり、篠竹の先にとまらせたりしている。

蝶の玩具は、細い籤の先に紙で作ったちいさな蝶をとりつけた物で、籤は篠竹のなかに通してある。それで、籤を引くと蝶が篠竹の先にとまったように見えるのだ。

その玄次のまわりに、七、八人の子供が集まっていた。どの子も目を瞠いて、玄次の手にした蝶々の玩具に見とれている。

安兵衛と又八が、集まっている子供たちの後ろに近付くと、

「さァ、今日はおしまいだよ。また、明日、来ておくれ」

玄次はそう言って、子供たちを帰した。

「玄次、話がある」

安兵衛が言った。

「旦那、護摩堂の前に行きやすか」

玄次は、手にした蝶の玩具を箱のなかにしまった。

玄次は、安兵衛と又八を参詣客のすくない護摩堂の前に連れていった。そこなら、参詣客の耳目を気にすることなく話ができる。

「旦那、どんな話です」

玄次が訊いた。

「八寿屋の騒ぎを聞いているか」

「噂は耳にしやした」

「八寿屋の騒ぎに、おれもかかわっていてな」

「旦那が、八寿屋に押し込んできたならず者たちを追い払ったそうで」

玄次が低い声で言った。

「追い返しはしたが、それで、始末がついたわけではないのだ」

「まだ、何かあるんですかい」

「八寿屋に、お鶴というひとり娘がいるが、知っているか」

安兵衛は、お鶴の名を出した。玄次には、事情を話さないと仕事は頼めない。

又八が驚いたような顔をした。お勝が、お鶴だと気付いたのかもしれない。ただ、さきほどの話が利いたのか、又八は口を引き結んだまま安兵衛と玄次のやり取りを聞いている。

「娘がいることは、知っていやす」

「その娘の婿になり、八寿屋の跡を継ぎたいと言い出した者がいてな。八寿屋では断っているのだが、店に乗り込んできて、強引に縁談を進めようとしているのだ」

「あつかましい野郎で――」

玄次が、呆れたような顔をした。

「そうか！　八寿屋で暴れたのは、そいつらか」

又八が、急に声を大きくして言った。我慢できなくなって、口をひらいたらしい。

「そうだ。……八寿屋は、困っていてな。おれと笑月斎に、何とかしてくれ、と泣き付いてきたのだ」

「娘の婿になると言ってきたのは、だれです？」

玄次が訊いた。

「源次郎という男だが、玄次は知っているか」

「知らねえなァ」

玄次は首をひねった。

「辰三郎という男はどうだ。……こいつが、八寿屋で暴れた親玉だ」

安兵衛は、そのときの様子をかいつまんで話した。

「辰三郎なら、知ってやすぜ」

「知ってるか」

「へい、両国界隈で、幅を利かせていた地まわりだが、ちかごろは見かけなくなりやしたぜ」

「その辰三郎が、源次郎の仲間なのだ」

安兵衛は、相模十郎兵衛と牢人のことも口にしたが、玄次は知らないようだった。

「それで、あっしは、何をすればいいんで」

玄次が、声をあらためて訊いた。

「まず、源次郎が何者か知りたい」

安兵衛は、源次郎が料理屋の若旦那を名乗っていることを言い添えた。

「その料理屋は、どこにあるんで?」

「分からないのだ。辰三郎からたどれば、分かるかもしれないな。……どうだ、玄次、手を貸してくれるか」

「やってもいいが、ただというわけにはいかねえ。あっしも、女房がいやすしね」

玄次の女房はお島で、まだふたりの間に子供はいなかった。玄次夫婦は、浅草三好町の徳兵衛店に住んでいる。

「分かってるよ」

安兵衛は懐から財布を取り出すと、五両取り出した。八寿屋からもらった金の一部である。

「とりあえず、これで、どうだ」

安兵衛は事態の推移によって、さらに金を出してもいいと思っていた。まだ、安兵衛の懐には大金が残っていたのである。

「承知しやした」

玄次は五両を受けとると、巾着にしまった。

その様子を見ていた又八が、

「玄次親分、あっしを使ってくだせえ」

と、身を乗り出すようにして言った。

「又八、おれが、手先を使わねえってことは知ってるだろう」

玄次が苦笑いを浮かべた。

「あっしは、親分の下でやりてえんだ」

又八が、むきになって言った。

「おめえは、もう立派な目明かしだ。旦那の指図で、独りで動きな。……駒形町の親分、よろしく頼むぜ」

そう又八に声をかけ、玄次が踵を返そうとした。

「待て、玄次」

安兵衛が呼びとめた。

「源次郎の仲間には、相模の他に牢人者もいる。ふたりとも腕が立つ。下手に近付くと、殺られるぞ」

安兵衛は、牢人の人相や体付きなどを言い添えた。

「油断はしやせん」

玄次は踵を返して、足早にその場を離れた。

安兵衛は、玄次の背を見送っていた又八の肩をたたき、

「駒形町の親分、行くぞ」

と声をかけ、護摩堂の前から離れた。

「極楽の旦那、待ってくれ」

又八が、慌てて安兵衛の後を追ってきた。

四

「おまえさん、出かけるのかい」

くめが、不安そうな顔をして言った。

くめは風邪が治り、これまでどおり炊事や洗濯などができるようになっていた。

「これも、仕事でな」

笑月斎は、八寿屋からもらった金のうち三両、くめに渡していた。三十両ほど博奕ですったが、まだ大金が残っている。

「わたし、心配で……」

くめが眉を寄せた。

「何かあったのか」

戸口に立ったまま、笑月斎が訊いた。

「隣のおけいさんから、聞いたんですけどね。ならず者のような男に、おまえさんのことを訊かれたというんだよ」

おけいは、隣に住む手間賃稼ぎの大工の女房だった。くめと同じ年頃ということもあって、親しくしているらしい。

……辰三郎かもしれぬ。

と、笑月斎は思った。

「八寿屋のお鶴さんのこともあるし、わたし心配で……」

「くめ、心配するな。そいつは、お鶴さんを手込めにしようとした男だろう。おれではなく、お鶴さんの居所を探っているにちがいない」

「そうですか……」

くめの顔から、不安の色は消えなかった。

「行ってくるぞ」

笑月斎は、三間町の路地を東にむかった。笹川に行って、その後のことを安兵衛に訊いてみようと思ったのである。

笑月斎は路地をしばらく歩いたとき、前方にあらわれた町人体の男に目をとめた。別の路地から出てきたらしい。

……あやつ、お鶴さんを襲った男ではないか！

と、笑月斎は思った、
大柄な男だった。棒縞の小袖を裾高に尻っ端折りし、両脛をあらわにしていた。後ろ姿なのではっきりしないが、お鶴を手込めにしようとした三人のうちのひとりのような気がした。

男は、足早に奥州街道の方へ歩いていく。

笑月斎は、男の跡を尾けた。もっとも、自分が行こうとしていた道なので、男がいなくとも同じ方向にむかっただろう。

男は奥州街道に出ると、一町ほど駒形堂の方へ歩いてから右手の路地に入った。その路地は、大川端に突き当たるはずである。

……どこへ、行くつもりだ。

笑月斎は、男の行き先をつきとめようと思った。

そのとき、又八は奥州街道を駒形堂の方へむかって歩いていた。笑月斎と同じように笹川へ行くつもりだった。

……あれは、笑月斎の旦那だぜ。

又八は、後ろ姿を見てすぐに分かった。笑月斎は肩まで垂らした総髪で、小袖を着流し、袖無し羽織という変わった恰好をしていた。それで、顔を見なくても、笑月斎と知れるのだ。

……どこへ行くつもりだい。

又八は、笑月斎が右手の路地に入ったのを見た。

様子がおかしい、と又八は思った。小走りに路地へ入った笑月斎の後ろ姿に、何かを追っているような動きがあったのだ。

又八は小走りになって、笑月斎との間をつめた。

前を行く笑月斎は、通りすがりの者の背後にまわったり、路地沿いの店の陰に身を隠したりしながら、大川の方へむかっていく。

笑月斎は大川端に出ると、川上にむかった。やはり、道沿いの物陰に身を隠すようにして歩いていく。

……前にいる男を、尾けているのかもしれねえ。

又八は、笑月斎から半町ほど前を歩いている大柄な男に気付いた。遊び人ふうの男である。

そのとき、遊び人ふうの男が足をとめて振り返った。

笑月斎も、足をとめた。笑月斎はどうしたらよいか、戸惑っているふうである。

大柄な男は、笑月斎に近寄ってきた。笑っているらしく、白い歯が見えた。

笑月斎は、立ったまま大柄な男が近寄ってくるのを待った。恐れるような相手ではなかった。それに、ひとりである。

男は、笑月斎から五間ほど距離をとって足をとめた。

「旦那、お久し振りで」

男が薄笑いを浮かべ言った。

「長屋の近所で、おれのことを訊いていたのは、おまえか」

笑月斎は、くめが話していた男ではないかと思った。

「あっしでさァ」

男は、隠そうともしなかった。

「おまえの名は？」

「おれの名を聞いても、どうにもならねえぜ」

「どういうことだ」

「旦那は、もうすぐ死ぬんでさァ」

男は、ニヤニヤ笑っている。

「なに！」

笑月斎は男の様子を見て、だれか、近くにいる、と察知して、周囲に目を配った。

そのとき、大川の川岸から、男がひとり姿を見せた。そこに、栈橋(さんばし)につづく石段があって上がってきたらしい。

総髪で、痩せていた。牢人体である。

……こやつは！

笑月斎は、胸の内で叫んだ。

八寿屋で顔を合わせた牢人である。

もうひとりいた。牢人につづいて、遊び人ふうの男が姿を見せた。辰三郎である。笑月斎は、安兵衛から辰三郎の名を聞いていたのだ。

牢人が、笑月斎の前に立った。辰三郎と大柄な男は、すばやい動きで笑月斎の左右にまわり込んできた。

「罠に嵌めおったな」

笑月斎は、大柄な男にここまで誘き出されたことを察知した。

五

又八は、笑月斎が三人の男に取り囲まれたのを見ると、

……笑月斎の旦那が、あぶねえ！

と思い、反転して駆けだした。

又八は、安兵衛を呼ぶしかないと思った。幸い、笹川はここから遠くない。又八は懸命に走った。

又八は来た道を駆けもどり、いったん奥州街道に出てから笹川にむかった。

笹川の店先に、暖簾が出ていた。まだ、客は入ってないようだが、店はひらいてい

「大変（てぇへん）だ！」

又八は、店に飛び込むなり叫んだ。

土間の先の小上がりで、安兵衛は茶漬けを食っていた。遅い朝めしらしい。そばに、お房とお満の姿があった。お房は茶を飲み、お満は千代紙を折っている。

「どうした、又八」

安兵衛は、箸を手にしたまま腰を上げた。

「しょ、笑月斎の旦那が、あぶねえ！」

又八が荒い息を吐きながら言った。

「なに！」

「大川端で、三人にとりかこまれていやす」

「行くぞ！　又八」

安兵衛は朱鞘の大刀をつかんで、土間へ飛び下りた。

「こ、こっちで！」

又八が、先にたった。

息が乱れ、足がふらついている。走りづめで笹川まで来たせいであろう。

「又八、しっかりしろ！」

安兵衛が叱咤するように言った。

「へ、へい」

又八は懸命に走った。

安兵衛たちは、駒形堂の脇に出て大川端を川下にむかった。

「だ、旦那、あそこだ」

又八が、指差した。
四、五町先の大川端に、四人の男が集まっているのがちいさく見えた。まだ遠方で、ひとの動きでは何をしているのか分からないが、刀身が陽を反射てひかり、斬り合っているのが知れた。

このとき、笑月斎は牢人と対峙していた。

ふたりの町人は、笑月斎の左右で匕首を構えている。ただ、ふたりとも間合が遠かった。この場は、牢人にまかせる気らしい。

笑月斎と牢人の間合は、およそ三間半――。

笑月斎は青眼に構え、切っ先を牢人の左目にむけていた。その切っ先が、かすかに震えている。

笑月斎の左袖が裂けて血に染まり、左頬にも血の色があった。一方、牢人は無傷である。すでに、ふたりは何度か斬り合っていたのだ。

……奇妙な構えだ！

笑月斎は、牢人の異様な構えに圧倒されていた。

牢人は、顔の左側に刀の柄（つか）を持ってくる逆八相に構えていた。立ち合いのおりに、逆八相に構えることなど滅多にない。しかも、牢人は腰を沈め、刀身を頭上にむけていた。刀身の下に身を隠すような恰好である。

牢人は、この構えから笑月斎の斬撃を受け流し、刀身を返して袈裟（けさ）に斬り込んでくるのだ。その太刀捌きが迅（はや）く、笑月斎は牢人の斬撃をかわしきれなかったのである。

「妙な構えだな」

笑月斎は、後じさりながら言った。

「岩霞（いわがすみ）……」

牢人が低い声で言った。

額に垂れた前髪の間から覗いた牢人の両眼が、底びかりしている。藪（やぶ）のなかに身をひそめて獲物を狙っている餓狼（がろう）のような目である。

……岩霞だと！

笑月斎は、聞いたことのない構えだった。この牢人が、独自に工夫した構えかもしれない。

「行くぞ！」

牢人は、岩霞に構えたまま足裏を摺るようにして間合を狭めてきた。

牢人の構えは、まるで岩で身を覆っているようだった。斬り込む隙がない。まさに、岩のなかに身が霞んでいるようである。

笑月斎は、後じさった。迂闊に斬り込めば、また牢人の斬撃をあびることになる。だが、笑月斎は後ろに下がれなくなった。踵が、川岸に迫っていたのだ。

牢人は、ジリジリと迫ってくる。その寄り身には、巌が迫ってくるような迫力があった。

イヤアッ！

突如、笑月斎は裂帛の気合を発し、左手に動いた。斬り込むと見せて、逃げようとしたのである。

だが、牢人も笑月斎と同じように動いた。しかも、岩霞の構えは、まったくくずれなかった。

……逃げられぬ！

笑月斎の背筋に冷たいものがはしり、鳥肌が立った。恐怖を覚えたのである。

そのときだった。

「笑月斎、いま行くぞ！」

と、安兵衛の叫び声がひびいた。

目をやると、安兵衛と又八が走ってくる。

すると、対峙していた牢人の構えが揺れた。駆け寄ってくる安兵衛たちに気付いたのだ。

「だ、旦那、長岡だ！」

辰三郎が、声を上げた。

牢人は、すばやく後じさって笑月斎と間合をとった。目に逡巡（しゅんじゅん）するような色がある。

「待てッ！　おれが相手だ」

ふたたび、安兵衛が叫んだ。

すると、安兵衛の脇を走っていた又八が、

「あっしも、助太刀しやすぜ！」

と、大声を上げた。

牢人は腰を伸ばし、逆八相に構えていた刀を青眼に構えなおすと、

「笑月斎、命拾いしたな」

低い声で言って納刀した。

牢人は、足早に川下の方にむかった。

「やい！　首を洗って待ってろよ」

辰三郎が捨て台詞を残し、大柄な男とふたりで、牢人の後を追って走りだした。

「助かった……」

笑月斎は、抜き身を手にしたまままつぶやいた。

安兵衛は笑月斎のそばに駆け寄り、

「き、斬られたのか」

と、荒い息を吐きながら訊いた。

「かすり傷だ」

笑月斎は血塗れ（ちまみ）れのひどい姿をしていたが、左腕も頬の傷も浅手のようだった。命にかかわるような傷ではない。

「あやつ、八寿屋に来た牢人だな」

安兵衛が訊いた。

「そうだ」

笑月斎は、ゆっくりと納刀した。

「遣い手のようだ」

安兵衛は、笑月斎が遣い手であることを知っていた。その笑月斎が、浅手とはいえ牢人に斬られたのである。

「岩霞なる奇妙な構えをとった」

笑月斎が言った。

「岩霞だと」

聞いたことのない構えだった。

「岩で、体をつつむような構えだ」

笑月斎が、その構えを話した。

「いずれにしろ、牢人と相模は強敵だな」

安兵衛は、牢人だけでなく相模も遣い手とみていた。

六

「この店だ」

軒先に吊した色褪せた赤提灯に「さけ、樽八」と書いてあった。

玄次は、浅草田原町に来ていた。東本願寺の裏門の近く、裏路地にある縄暖簾を出した小体な飲み屋の前である。

玄次は、猪造という男に会いに来たのだ。猪造は浅草で幅を利かせていた地まわりだったが、三年ほど前、遊び人と喧嘩したとき、右足の腿を匕首で刺された。傷は癒えたが、歩くのが不自由になって足を洗い、おかねという情婦といっしょに飲み屋を始めたのである。

玄次は、猪造に辰三郎や源次郎のことを訊いてみようと思ったのだ。

八ツ（午後二時）前だった。初夏の強い陽射しが路地を照らし、風がないせいもあって、むっとするような暑熱がある。路地はときおり物売りや近所に住む者が通ったが、人影はすくなかった。

店はひっそりとしていた。まだ、客はいないらしいが店の者はいるらしく、なかで水を使う音がした。

「ごめんよ」

玄次は、声をかけて縄暖簾をくぐった。

土間に飯台がふたつ置いてあり、腰掛け代わりの空き樽が並んでいた。まだ、客の姿はなかった。

店の奥に流し場があって、そこで男がひとり洗い物をしていた。猪造である。

「いらっしゃい」

猪造は、濡れた手を前だれで拭きながら出てきた。玄次を客と思ったらしい。右足を引き摺るようにして歩いてくる。

肌の浅黒い、丸顔の男だった。大きな目が、薄暗い店内で白く浮き上がったように見えた。

「とっつァん、おれだよ」

玄次が言った。

「なんでえ、御用聞きか」

猪造は渋い顔をした。

「よせよ、いまは蝶々売りだ」

玄次が苦笑いを浮かべた。

「そうだったな。おめえも、おれと同じように足を洗ったんだな」

猪造の顔が、なごんだ。

「とっつァん、酒と肴を頼まァ」

玄次は、一杯やりながら猪造の話を聞こうと思った。

「まだ、ろくな肴はねえぜ」

猪造が、漬物と冷奴しかねえ、と言った。

「漬物と冷奴をくんな」

店内の澱んだような空気のなかに、ねっとりするような暑さがあった。冷奴は、ちょうどいい。

「ちょいと、待ってくれ」

そう言い置いて、猪造は流し場にもどった。

流し場の奥に障子がたててあり、そこで物音がした。おかねは、そこにいるのかもしれない。

玄次が空き樽に腰を下ろして待つと、猪造が銚子を手にし、盆に猪口と肴の入った小鉢を載せてきた。漬物は、たくあんの古漬けである。

「一杯(いっぺぇ)、やってくれ」

猪造は、向かいの空き樽に腰を下ろして銚子をとった。客がいないので、相手をしてくれるらしい。

「すまねえ」

玄次は猪口の酒を飲み干してから、

「ちょいと、おまえに訊きてえことがあってな」

と、切り出した。

「おめえ、御用聞きをやめたんじゃァねえのかい」

猪造が、顔に警戒するような色を浮かべた。

「これは、お上の御用じゃァねえんだ。……おれが世話になってる旦那に頼まれたのよ。おめえのことは、口が裂けても言わねえから安心しな」

玄次が低い声で言った。

「それで、何を聞きてえんだ」

「まず、辰三郎だ」

「辰三郎だと」

「両国辺りで、幅を利かせている男だよ」

をしてな」
「ちかごろ、辰三郎は浅草界隈を伸し歩いているようだぜ。てめえの縄張みてえな顔
猪造が渋い顔をした。辰三郎のことをよく思っていないらしい。
「あいつか」

玄次がすこし大袈裟に言った。

「おれの足許で、でけえ面しやがって!」

猪造が、憤怒に顔を染めた。

「おれも、やつを痛い目に遭わせてやろうと思ってるんだ。……それで、やつの塒を知らねえかい」

玄次は、辰三郎の塒を知りたかった。

「柳橋だと聞いてるがな」

「柳橋のどこだい」

両国は柳橋と近かった。おそらく、柳橋に塒を置いて両国で遊び歩いていたのだろう。

「分からねえなァ。……情婦に、店をやらせてると聞いた覚えがあるな」

「何の店だい」

「何だっけな。商家の娘や柳橋の綺麗所が相手の商売だと聞いたが……。そうだ、紅だ！」

猪造が声を大きくして言った。

「紅屋か」

女の口紅を売っている店らしい。

「情婦の名は、分かるかい」

玄次が訊いた。

「名は分からねえなァ」

「まァ、いい。探ってみよう」

紅屋はすくないので、柳橋に行って訊けば分かるだろう。

「ところで、源次郎という男を知っているか」

「何をしてる男だい？」

猪造が訊いた。

「料理屋の若旦那らしいが、辰三郎とつるんで悪さをしてるようだ」

玄次は、八寿屋もお鶴の名も出さなかった。

「聞いた覚えがねえなァ」

猪造は首をひねった。

それから、玄次は相模と牢人のことも訊いてみたが、猪造は知らなかった。

話がひととおり済んだとき、縄暖簾を分けて職人ふうの男がふたり入ってきた。

「いらっしゃい」

猪造は空き樽から腰を上げ、ふたりの男のそばに行った。

玄次は、ひとりで半刻（一時間）ほど飲んでから店を出た。明日、柳橋に行ってみようと思った。

七

……この辺りだな。

玄次は、柳橋の賑やかな通りを歩いていた。

そこは、柳橋の繁華街だった。通り沿いには、料理屋や料理茶屋などが並び、酒を飲みに来た男たち、箱屋を連れた芸者、客を案内する若い衆などが行き交っていた。

柳橋には高級料亭が多く、旗本らしい武士や商家の旦那ふうの男も目についた。

玄次は、この通りに紅屋があると聞いて来ていたのだ。通り沿いにあるのは、二階建ての大きな料理屋や料理茶屋ばかりではなかった。小体なそば屋、小料理屋、小間物屋、白粉屋などもあった。

……あの店だ。

玄次は、通り沿いにあった紅屋を目にとめた。

小体な店だった。店先の台に、貝殻や焼き物の小皿に塗った紅が並んでいる。その台の後ろで、年増が筆で貝殻に紅を塗っていた。

ちいさな店で、紅を作る職人がいる様子もなかった。おそらく、紅を製造している店から仕入れてきて小売りをしているのだろう。この辺りは、芸者や綺麗所が多いので、商売になるにちがいない。

……あの女が、辰三郎の情婦かもしれねえ。

と、玄次は思った。

玄次はそのまま紅屋の前を通り過ぎた。紅屋では客を装って、年増に話を聞くわけにはいかなかったのだ。

一町ほど歩くと、下駄屋があった。店先の台に、綺麗な鼻緒の駒下駄やぽっくりなどが並んでいた。

店先に若旦那ふうの男がいたので、玄次は近寄って、

「ちょいと、すまねえ」

と、声をかけた。

「下駄ですか」

男は女のような細い声で訊いた。顔に不審そうな色がある。玄次が客には、見えなかったからであろう。

「聞きたいことがあってな」

玄次が小声で言った。

「なんでしょうか」

「この先に、紅屋があるな」

「ございますが」

「年増が、筆で貝に紅を塗っているのを見たが、おれがむかし世話になった女とそっくりなのだ。あの年増は、なんてえ名だい」

玄次は、もっともらしい作り話を口にした。

「お富さんですが……」

「お富か。おれが世話になった女とは、ちがう名だな。人違いかな」

玄次は首をひねって見せ、

「お富という女は、子持ちかい」

と、訊いた。

「いえ、お子さんはいませんが」

「独り者かい」

玄次はねばった。何とか辰三郎のことを聞き出したかったのだ。

「くわしいことは知りませんが、あの店に、女の方が独りで住んでいることはないでしょうよ」

そう言ったとき、男の口許に薄笑いが浮いた。

……やはり、情夫がいるらしい。

と、玄次は思った、

「辰三郎ってえ、男が出入りしてるんじゃァねえのかい」

玄次は辰三郎の名を出した。

「よく、ご存じで」

男は驚いたような顔をした。

「なに、この辺りに辰三郎って男が、出入りしている紅屋があるって聞いたことがあるのさ」

玄次は、手間をとらせたな、と言い残し、下駄屋の前を離れた。だいぶ様子が知れたし、これ以上訊くと、嘘がばれそうだった。

玄次は、近所のそば屋に立ち寄って一杯飲み、そばで腹拵え（はらごしら）をしてから紅屋のある通りにもどった。

すでに、暮れ六ツ（午後六時）ちかくで、陽は西の家並の向こうに沈んでいた。柳橋の表通りは、まだ賑やかだった。料理屋や料理茶屋などの灯が通りに落ち、酔客の哄笑、嬌声、弦歌の音などが絶え間なく聞こえてくる。

玄次は、料理屋の脇の植え込みの陰から紅屋の店先に目をやっていた。辰三郎が姿を見せるのではないかと思ったのである。

いっときすると、暮れ六ツ（午後六時）の鐘の音が聞こえた。通り沿いの下駄屋や酒屋などは店仕舞いを始めたが、料理屋、料理茶屋、小料理屋などは華やかな灯につつまれている。

しだいに、辺りが夕闇に染まってきた。紅屋もまだ店をひらいている。さらに、小半刻（三十分）ほど過ぎたとき、年増が店先に出てきて、紅を塗った貝殻や焼き物の小皿などを片付け始めた。店仕舞いを始めたようだ。

売り物の紅を片付け終わり、年増が表戸をしめ始めたとき、店先に遊び人ふうの男が近付いてきた。

……辰三郎だ！

玄次は、一目見て分かった。

三十がらみ、面長で目が細い。安兵衛から聞いていた辰三郎の顔付きと年恰好である。辰三郎は戸口で年増と何やら話し、年増が表戸をしめ終わるのを待って、ふたりで店に入った。

……辰三郎の塒を見つけたぜ！

玄次は胸の内で声を上げた。

それから、半刻（一時間）ほど、玄次は紅屋を見張り、夜陰につつまれるのを待ってから通りに出た。今夜、辰三郎は紅屋に泊まるとみたのである。

翌朝、玄次は笹川に顔を出し、安兵衛に辰三郎の塒が知れたことを話した。

「さすが、玄次だ。やることが早い」

安兵衛は感心したように言った。

「どうしやす」

玄次が訊いた、

「しばらく、辰三郎を尾けてくれんか。かならず、源次郎や他の仲間と顔を合わせるはずだ」

安兵衛は、辰三郎を泳がせれば、源次郎と仲間たちの塒もつかめるとみたのである。

「承知しやした」

玄次が顔をひきしめて言った。

第三章　岩霞

一

めんない千鳥、手の鳴る方へ。めんない千鳥……。

お満が、手をたたきながら後ろへ下がった。

めんない千鳥という遊びである。ひとりが目隠しをし、もうひとりがめんない千鳥、手のなる方へ、と言いながら、手を打って逃げるのだ。目隠ししている者は、その声と拍手を頼りにつかまえるのである。

二階にある安兵衛の部屋だった。安兵衛、お満、それに、お鶴がいた。お満がお鶴を連れてきて、

「とんぼの小父ちゃん、めんない千鳥をやろう」

と言って、せがんだのである。

お満は、めんない千鳥の遊びが大好きで、安兵衛はむろんのことお春やお鶴ともやりたがった。

「お満は、どこだ」

安兵衛は手ぬぐいで目隠しをし、両手を前に突き出して探りながら、お満をつかまえようとしている。

遊びとはいえ、安兵衛はお鶴に抱き付いてつかまえられなかったので、お満を相手にしていた。

「手の鳴る方へ……。こっち、こっち」

お満は、手を打ちながら部屋の隅に身を寄せたり、積んである座布団の脇に隠れたりしている。

安兵衛は、座布団の脇へ身を縮めているお満に手を伸ばし、

「つかまえた！　お満をつかまえた」

と声を上げ、お満の体を抱き締めた。

お満は、キャッ、キャッ、と笑い声を上げ、身をよじって逃れようとしたが、安兵衛の大きな体につつまれて身動きできなくなった。

「今度は、だれがやる？」

安兵衛は手ぬぐいを取った。

「また、とんばの小父ちゃんが、つかまえるの」

お満が言った。

「逃げるのは、だれだ？」

「お勝さん」

お満は、お鶴をお勝と呼んでいる。

「なに、おれが、お勝をつかまえるのか」

それは、困る、と安兵衛は思った。

お鶴も、顔を赤くして困ったような顔をしている。

「早く、目隠しをして」

お満が急かした。

「うむ……」

安兵衛は手ぬぐいを手にしたまま迷った。遊びだから、いいか、とも思ったのである。そのとき、障子の向こうで足音がし、

「長岡の旦那、いますか」

と、お房の声がした。

「お房か」

安兵衛は、急いで手ぬぐいをお満に渡すと、お勝とふたりで、やってくれ、と言い置き、障子をあけて廊下に出た。お房に、お鶴と遊んでいるところを見られたくなかったのである。

障子があいたとき、お房は部屋のなかに目をやったが、何も言わなかった。

「何か用か」

安兵衛が訊いた。

「下に来てますよ、笑月斎の旦那が」

お房が、つっけんどんに言った。

「何の用かな」

「知りませんよ。旦那が、訊いてみたら」

「そうしよう」

安兵衛は、お房の脇をすり抜けるようにして階段にむかった。

すると、お房が安兵衛についてきて、

「旦那、まさか、お鶴さんに変な気をおこしたんじゃないでしょうね」

と、耳元で言った。目に猜疑の色がある。

「どういうことだ」

安兵衛はとぼけた。

「子供の遊びにことよせて、お鶴さんに抱きついたりしなかったわよねえ」

お房が、上目遣いに安兵衛を見た。

「そ、そんなことをするか」

安兵衛は声をつまらせた。

「あやしい……」

お房は安兵衛を睨むように見た。

安兵衛は階段の前で足をとめて振り返ると、

「お房、おれが、おまえのことをどう思っているか知っているのか。……毎晩、おまえのことを思い浮かべながら、枕を抱いて寝てるのだぞ」

と、お房の耳元でささやいた。

「ほんと」

「ほんとだとも。……どうだ、今晩、おれの気持ちを確かめてみたら」

安兵衛はさらにお房の耳元に口を寄せてささやき、ついでに左手を伸ばして、お房の尻まで撫でてやった。

「……い、いいわ、今夜ね」

お房はかすれ声で言ったが、すぐに気を取り直し、

「下で、笑月斎の旦那が待ってるんですよ」

と言って、身を引いた。

階段を下りると、土間に笑月斎が立っていた。どうしたことか、笑月斎は肩まで垂らしていた長髪を切り、髷を結っていた。身装も小袖に袴姿で、大小を帯びていた。八卦見には見えない。

「どうしたのだ、その恰好は」

安兵衛が驚いたような顔をして訊いた。

「長岡に、話がある」

笑月斎は大小を鞘ごと抜くと、土間につづく板間の上がり框に腰を下ろした。

安兵衛が笑月斎の脇に腰を下ろすと、お房は「茶を淹れましょうね」と言って、奥へひっこんだ。

「笑月斎、何かあったのか」

あらためて、安兵衛が訊いた。

「源次郎たちが、おれの長屋や八寿屋を探っているようなのだ。……おれの恰好は、目に付き過ぎるのでな、身を変えたわけだ。これなら、笑月斎とは思うまい」

笑月斎が、笑みを浮かべて言った。

「笑月斎には、見えんな」

ただ、それもいっときだろうと思った。何度か目にすれば、笑月斎と気付くだろう。

「おれが懸念しているのは、いずれ、源次郎たちはお鶴さんがここに身をひそめていることに気付くということだ」

笑月斎が笑いを消して言った。

「おぬしの言うとおりだ」

「その前に、手を打たねばならんぞ」

「うむ……」

安兵衛はいっとき黙考していたが、

「実は、辰三郎の塒をつかんだのだ」

と、声をひそめて言った。

「つかんだか！」

笑月斎が声を上げた。

「いま、玄次が源次郎や牢人の居所をつきとめるために、辰三郎を尾けている」

安兵衛が言った。

「そうか」

「お鶴の居所が源次郎たちに知れる前に、辰三郎を捕らえて吐かせる手もあるな」

「いや、もうすこし待とう。……なに、玄次ならすぐにつかんでくるさ」

笑月斎が、声を低くして言った。

そのとき、お房が湯飲みを盆に載せてもどってきた。

「どうぞ」

お房は、笑月斎と安兵衛の膝の脇に湯飲みを置いた。

「いやァ、女将はいつ見ても若くて綺麗だ」

笑月斎が、歯の浮くような世辞を言った。

「そんなこと言ってくれるのは、笑月斎の旦那だけですよ。それに、うちには若い娘(こ)がひとり増えましたから、座敷は遠慮するようにしてるんですよ」

そう言って、お房はチラッと安兵衛に目をやった。

二

玄次が源次郎の居所をつかんできたのは、笑月斎が笹川に顔を出した二日後だった。

玄次は笹川で安兵衛と顔を合わせると、

「源次郎の居所が知れやしたぜ」

と、すぐに言った。

「どこだ？」

「薬研堀でさァ」

玄次によると、薬研堀に三崎屋という大きな料理茶屋があり、源次郎はその店の倅だという。

玄次は辰次郎の跡を尾け、三崎屋に入ったのを確かめた。その後、近所で聞き込み、源次郎のことを知ったそうだ。

「すると、料理屋の若旦那というのは、嘘ではなかったのか」

安兵衛が言った。

「それが、源次郎は次男でしてね。三崎屋は、長男の紀一郎という男が跡を継いでいるそうでさァ」

　三崎屋のあるじは茂兵衛（もへえ）という男だったが、老齢のため一年ほど前に隠居して紀一郎に店を継がせたという。

「源次郎は三崎屋の倅だが、店を継ぐことはできないわけか。それで、八寿屋に目をつけたのだな」

　安兵衛は、源次郎の魂胆（こんたん）が読めた。

「旦那、ちょいと、気になることを聞き込んだんですがね」

　玄次が声をひそめて言った。

「何だ？」

「三崎屋に、笑月斎の旦那を襲った牢人も出入りしているようなんでさァ。名は、宮本弥之助（みやもとやのすけ）——」

「宮本弥之助か」

　安兵衛は、聞いた覚えがなかった。

「それが、宮本だけじゃァねえんで。辰三郎もそうだし、他にも遊び人ふうの男が出入りしているようでさァ」

「うむ……」

三崎屋は、ただの料理屋ではないようだ、と安兵衛は思った。

「旦那、どうしやす」

玄次が訊いた。

「すこし、三崎屋を探ってみるか」

宮本や相模の居所が知れるかもしれない、と安兵衛は思った。


翌日、安兵衛は又八を連れて、薬研堀にむかった。玄次はひとりで探ってみると言って、すでに昨日のうちに薬研堀に足を運んでいた。玄次は、独りの方が動きやすいらしい。

「とんぼの旦那、三崎屋を探るんですかい」

歩きながら、又八が言った。

「又八、とんぼの旦那はやめろ。おれのことを知っている者が聞いたら、すぐに正体がばれるじゃァねえか」

ちかごろ、安兵衛は出歩くとき、網代笠(あじろがさ)をかぶって顔を隠していた。辰三郎や源次郎に正体が知れないように気を使ったのである。

「ヘッヘヘ……。しばらく、とんぼと極楽は、口にしやせん」

「そうしてくれ」

「とんぼの、いや、旦那、……三崎屋は、いい女が揃ってると評判の店ですぜ」

又八が言った。どうも、何かしゃべっていないと落ち着かないらしい。

「三崎屋は、女郎屋ではないぞ」

「女郎じゃァねえんで。座敷で客の相手をする女中に、いい女が揃ってるって噂でさァ」

「女中にな」

「そういやァ、笹川も負けてねえ。……お春さんに、お勝さん、ふたりとも、若くていい女だ」

又八が、うっとりするように言った。

又八は、お春に気があるようだ。笹川に頻繁に顔を出すのも、お春に逢いたいせいもあるらしい。

ふたりはそんなやり取りをしながら、神田川にかかる柳橋を渡り、賑やかな両国広小路に出た。広小路を横切れば、薬研堀はすぐである。

薬研堀沿いの道に出ると、料理屋らしい店が目に付いた。柳橋ほどではないが、薬研堀にも名の知れた老舗の料理屋や料理茶屋があった。

「旦那、あれですぜ」

又八が前方を指差した。

三崎屋は、大きな料理屋だった。二階建てで、裏手にも別棟がある。二階だけでも、客をいれる座敷がいくつもありそうだった。

「裏手にある棟にも、客を入れるのか」

「離れのようですぜ」

「離れにしては大きいな」

奥行きはそれほどでもないようだが、長屋のように長い棟になっている。

「店の前まで行ってみるか」

安兵衛たちは、三崎屋に足をむけた。

八ツ（午後二時）ごろだったが、客がいるらしく、二階の座敷から嬌声や男の哄笑などが聞こえてきた。

店の戸口に飛び石が置かれ、洒落（しゃれ）た格子戸になっていた。脇に石灯籠（いしどうろう）が置かれ、つつじの植え込みもあった。老舗らしい落ち着きがある。

店に入って話を聞くわけにはいかなかったので、安兵衛たちはそのまま通り過ぎた。

「離れだが、いくつも座敷があるようだな」

離れの軒先にも、提灯が下がっている。

「金持ちの客を入れるようでさァ」

「そうか」

離れには、大店の旦那や大身の旗本をいれる特別な座敷があるのだろう。

安兵衛たちは、三崎屋の店先から三町ほど歩いたところで足をとめた。そこまで来ると、大きな店はすくなくなり、そば屋や一膳めし屋などが目についた。酒屋や米屋などもあり、行き交うひとのなかには長屋の住人らしい者も混じっていた。

三

「この辺りで、訊いてみるか」

安兵衛が又八に言った。

「旦那、あの酒屋はどうです」

又八が指差した。

小売り酒屋だった。店先に、徳利を洗う水を張った桶が置いてあり、軒先に酒林が吊してあった。

「あの店がいいな」

安兵衛は、酒屋なら三崎屋のことを知っているのではないかと思った。

「旦那、あっしが訊いてみやすよ」

又八が意気込んで言った。

店に入ると、土間の脇に酒樽や菰樽(こもだる)などが並んでいた。土間の先の小座敷で、店のあるじらしい男が帳簿をひらいて何やら書いていた。

「ごめんよ」

又八が声をかけた。

あるじらしい男は顔を上げて又八に目をむけると、すぐに手にしていた筆をおいて腰を上げた。

「いらっしゃい。お酒ですか」

初老で、小柄だった。しょぼしょぼした目をしている。

「すまねえ、ちょいと、聞きてえことがあってな」

又八は、懐に手をつっ込んで十手(じって)を取り出した。以前、玄次からもらった古い十手である。

「親分さんで」

男は上がり框の近くで膝を折った。

「おめえの名は？」

又八は、けわしい顔をして訊いた。男に岡っ引きと思わせておくつもりなのである。

「嘉造でございます」

男は、小声で名乗った。

安兵衛は、又八の後ろに立ったまま嘉造に目をむけていた。嘉造は、安兵衛のことを八丁堀の同心とでも思ったのか、緊張した面持ちで身を硬くしている。

「この先に、三崎屋があるな」

又八が、切り出した。

「ございますが」

「三崎屋にうろんな牢人が、出入りしてると聞いたんだが、知ってるかい」

「さァ……。三崎屋さんは、いろんな方が出入りしますから……」

嘉造は語尾を濁した。

「名は宮本弥之助だ」

又八は、宮本の名を出した。

「聞いた覚えがございます」

嘉造が声を落として言った。

「宮本は、客じゃァねえようだが、どうして店に出入りしてるんだい」

「倅の源次郎さんと、懇意にしているようですが……」

嘉造が、戸惑うような顔をして言った。詳しいことは、知らないのだろう。

「それに、遊び人のような連中も出入りしてると聞いたぞ」

さらに、又八が訊いた。

「……存じませんが」

嘉造が、困ったような顔をした。

そのとき、安兵衛が、

「隠居した茂兵衛が、ここで三崎屋を始めたのか」

と、訊いた。三崎屋は、何代もつづいた老舗の料理屋のように思われたのだ。そうした料理屋は、徒牢人（いたずらろうにん）ややくざ者の出入りを好まないはずである。

「いえ、茂兵衛さんは、深川で料理屋をひらいていたと聞いてますよ。……十年ほど前、三崎屋さんを居抜きで安く買い取ったんですよ」

嘉造の顔に、嫌悪の色が浮いた。茂兵衛のことをよく思っていないらしい。

「前のあるじは？」

安兵衛は、嘉造の前に出て訊いた。

「清五郎さんで――」

嘉造によると、十年ほど前まで三崎屋は繁盛していなかったという。その上、清五郎は商売に熱心でなく、吉原や岡場所に出かけて女遊びに耽り、借金がかさんで三崎屋を手放さざるを得なくなった。その店を安く買い取ったのが、茂兵衛だという。

「茂兵衛は、やり手だったようだな」

「まァ、やり手といえば、やり手なんでしょうが……」

嘉造は言いにくそうに顔をしかめた。

「商売のやり方を変えたのか」

安兵衛が、水をむけた。

「変えました」

「どんなふうに変えたのだ」

「女ですよ。座敷女中に上玉を揃えて、金のある客に酌をさせるようです。酌をさせるだけならいいんですが、いろいろあるようですよ」

「なるほど、男は酒と女に弱いからな」

安兵衛はうなずいた。

どうやら、茂兵衛は客の求めによって、女に肌も売らせるらしい。

「裏手に造ったのは、そうした金持ちのための部屋ですよ」

嘉造が声をひそめて言った。裏手の離れは、茂兵衛が新たに造った物らしい。

「うむ……」

茂兵衛は、三崎屋を料理茶屋と遊女屋をいっしょにしたような店に変えたようだ。それが当たって、客が増えたのだろう。

そのとき、安兵衛は源次郎が、三年で八寿屋を江戸で随一の店にしてやるから、と言ったのを思い出した。

源次郎は、八寿屋を三崎屋と同じような店にするつもりではあるまいか。

「茂兵衛だがな、深川で三崎屋と同じような店をひらいていたのではないのか」

安兵衛が訊いた。

「深川の店は、三崎屋さんほど大きくなかったようですが、同じようなやり方をしていたと聞いています」

「やはりな」

清五郎は、深川にあった茂兵衛の店で遊んで、借金がかさんだのかもしれない。それに、茂兵衛が深川にいたころから相模や宮本とつながっていたとも考えられる。

安兵衛が口をつぐむと、

「もう、よろしいでしょうか」

嘉造が、安兵衛を上目遣いに見ながら訊いた。

「手間をとらせたな」

安兵衛は、又八を連れて店から出た。

四

安兵衛から話を聞いた笑月斎は、

「源次郎は、八寿屋を三崎屋と同じような店にするつもりだな」

と言って、顔をしかめた。

「まちがいない。……三崎屋の跡を継いだ兄の紀一郎に、対抗する気持ちがあるのかもしれん」

そう言って、安兵衛は盃をかたむけた。

笹川の小上がりだった。客がいないので、お房に用意してもらい、姿を見せた笑月斎とふたりで飲み始めたのだ。

まだ、八ツ（午後二時）ごろだった。お房や包丁人の峰造は、客に出す料理の支度をしていた。

「その上、やつは、お鶴さんを強引に嫁にして店を乗っ取ろうとしているのだぞ。そんな勝手な真似が許せるか」

笑月斎が顔に怒りの色を浮かべた。

「まァ、そうだが……」

安兵衛は、笑月斎の耳元に顔を近付け、

「おぬし、やけにお鶴の肩を持つが、まさか、お鶴に気があるわけではあるまいな」

と、小声で訊いた。

「長岡、何を言う。おれに、そんな気はない！」

笑月斎が声を荒らげた。

「それならいいんだ。……よからぬ下心があるかと思ってな」

安兵衛は首をすくめて言った。

「おれには、ちさという妹がいたのだ。……ちさは、十六のときに、流行病で死んでな。そのちさと、お鶴さんはよく似ているのだ。そ、それで……」

笑月斎が、声をつまらせて言った。酔ったせいもあるのだろうが、柄にもなく、涙ぐんでいる。

「分かった。おまえに、やましい気持ちのないことは、よく分かった」

安兵衛は銚子を手にすると、一杯、飲め、と言って、笑月斎の盃についでやった。

その盃を笑月斎が飲み干したとき、戸口に走り寄る足音がし、八寿屋の伊助が、飛び込んできた。

「だ、旦那、大変だ!」

伊助が、叫んだ。

「どうした、伊助」

安兵衛は、傍らに置いてあった朱鞘の大刀をつかんで立ち上がった。

「た、辰三郎たちが、店に踏み込んできやした」

「なに、店に踏み込んできたと!」

笑月斎が叫んで、立ち上がった。

「笑月斎、行くぞ」

「おお!」

ふたりは、笹川の戸口から飛び出した。

浅草茶屋町の賑やかな通りをいっとき走ると、前方に八寿屋が見えてきた。店の戸口にひとだかりができている。浅草寺の参詣客や遊山客が、八寿屋の騒ぎを目にして覗いているらしい。

安兵衛と笑月斎が店の前まで来たとき、戸口の前にいた遊び人ふうの男が、

「長岡と笑月斎だ！」

と叫んで、店のなかに飛び込んだ。

店のなかで、「逃げろ！」「裏手へ行け！」などいう男の怒鳴り声と、廊下を走る荒々しい音がした。

安兵衛と笑月斎は、戸口から店に飛び込んだ。戸口近くには、だれもいなかった。特に店が荒らされた様子もない。

裏手の板場の方で、男の叫び声や床を踏む音などが聞こえた。辰三郎たちは、裏手にまわったらしい。

「裏手だ！」

安兵衛と笑月斎は板間に上がり、廊下を裏手にむかって走った。

伊助がつづき、さらに吉兵衛と女中らしい女が、こわばった顔をしてついてきた。ふたりは、帳場にいたらしい。

安兵衛は廊下を走りながら、座敷のなかや障子などに目をやった。まったく荒らさ

れた様子はなかった。

安兵衛たちは板場に出た。包丁人がふたり、それに女中がふたりいた。四人とも、板場の隅に逃れ、蒼ざめた顔で立っている。

「辰三郎たちは、どうした」

安兵衛が訊いた。

「う、裏口から、逃げやした」

年配の包丁人らしい男が、裏手を指差して言った。

見ると、背戸があいたままになっている。安兵衛と笑月斎は土間に飛び下り、背戸から外に出た。

「長岡、あそこだ！」

笑月斎が声を上げた。

半町ほど先に、男たちの背が折り重なって見えた。狭い路地を、五、六人の男が逃げていく。

「逃げられた」

安兵衛が言った。

「おれたちに、恐れをなしたようだな」

「そうかな」

それにしては、逃げ足が速かった。辰三郎たちは、初めから安兵衛たちが来たら逃げるつもりで、戸口に見張りまで立てていたようなのだ。

安兵衛と笑月斎が立っていると、背戸から吉兵衛と伊助が出てきた。

「お、押し込んできた男たちは」

吉兵衛が、震えを帯びた声で訊いた。

「逃げた。あそこだ」

安兵衛が指差した。

辰三郎たちの姿は遠くなり、数人の男たちの背がちいさく見えるだけである。走るのをやめたらしく、男たちは歩いていた。

「おふたりのお蔭で、助かりました」

吉兵衛が、ほっとした顔で言った。

「店を荒らした様子はないが。辰三郎たちは、何しに来たのだ」

安兵衛が訊いた。

「お鶴を探しにきたのです。店中を覗いていきました」

吉兵衛によると、一階と二階の座敷の他に、奉公人の部屋から吉兵衛たちが寝間に使っている部屋まで覗いてみたという。

「家捜しか」

辰三郎たちは、お鶴の居所をつかむために家捜しをしたようである。

「店に、被害はないようです」

吉兵衛が言った。

「だが、これで、辰三郎たちは、八寿屋にお鶴がいないことを知ったぞ」

辰三郎たちは、笹川にも目をむけるだろう、と安兵衛は思った。

「……！」

吉兵衛が、困惑したように顔をゆがめた。

五

笹川の二階の安兵衛の部屋に、安兵衛、笑月斎、玄次の三人が集まっていた。三人の膝先には、湯飲みと酒の入った貧乏徳利が置いてあった。三人は、湯飲みで酒を飲みながら話していた。

辰三郎たちが、八寿屋に押し入って家捜しした翌日だった。八ツ半（午後三時）ごろである。

「辰三郎たちが、お鶴に手を出すのを待っていることはないぞ」

安兵衛が言った。

「それで、何か手はあるか」

笑月斎が訊いた。

「辰三郎を捕らえるのだ。……塒は、玄次がつかんでくれたからな」

安兵衛は、源次郎や相模たちの居所をつきとめるために、辰三郎を泳がせておいたことを笑月斎に話し、

「こうなったら、辰三郎を捕らえて、口を割らせよう」

と、言い添えた。

「よし、すぐに辰三郎を捕らえよう」

笑月斎も、乗り気になった。

「それで、いつやりやす」

玄次が訊いた。

「辰三郎は、紅屋が戸締まりをするころにあらわれ、翌朝、帰ることが多いのだな」

「へい」

「玄次、すまないが、陽の沈むころ紅屋を見張って、辰三郎があらわれたら知らせてくれないか。翌朝、紅屋に踏み込んで辰三郎を押さえればいい」

安兵衛は、辰三郎を押さえたら笹川に連れてきて、訊問してもいいと思った。

「よし、その手で行こう」

笑月斎が、すぐに承知した。

「あっしは、これで」

玄次が立ち上がった。これから、柳橋に行って、辰三郎の情婦のいる紅屋を見張るという。


玄次がふたたび笹川に姿を見せたのは、その夜だった。笹川にはまだ客がいて賑やかだったが、安兵衛は二階の部屋で横になっていた。笑月斎が帰った後も酒を飲み、眠くなったのである。

「長岡の旦那、起きてますか」

安兵衛を呼びに来たのは、お春だった。お房は客の応対に忙しかったらしい。

「起きてるぞ」

安兵衛は身を起こした。

「玄次さんが来てますよ」

「すぐ、行く」

安兵衛は、眠い目を擦りながら立ち上がった。

階段を下りると、戸口に玄次が立っていた。

「玄次、辰三郎が姿を見せたのか」

安兵衛は、玄次に身を寄せて訊いた。

「へい、紅屋に入りやした」

「よし、手筈どおり仕掛けるのは、明日の朝だ」

「あっしが、笑月斎の旦那に知らせやしょうか」

玄次が言った。

「頼む」

「明朝、佐田屋の前で待っていやす」

そう言うと、玄次は踵を返した。

佐田屋というのは、柳橋近くの大川端にある船宿だった。その佐田屋から紅屋は近いというので、店先に明け六ツ（午前六時）の鐘が鳴る前に集まる手筈になっていたのだ。安兵衛は、玄次を見送ってからお房に明日のことを頼んだ。そして、二階の部屋にもどって一眠りした。

翌日、安兵衛はまだ暗い内に起きだし、お房が用意してくれた湯漬けで腹ごしらえをしてから笹川を出た。

安兵衛が佐田屋の前に着いたとき、玄次の姿はあったが、笑月斎はまだだった。それからいっときして、笑月斎が慌てた様子で駆け付けた。

「すまん、遅れてしまった」

笑月斎が、息をはずませながら言った。

「なに、まだ夜明けまでには、間がある」

安兵衛は東の空に目をやった。茜（あかね）色に染まっている。辺りはほんのりと明らみ、大川の川面（かわも）が茜色の朝焼けを映し、無数の波の起伏を刻みながら両国橋の彼方（かなた）まで滔々（とうとう）と流れている。

辺りに人影はなくひっそりとして、大川の流れの音だけが、轟々（ごうごう）と地響きのように聞こえていた。

「こっちでさァ」

玄次が先導した。

安兵衛たちは大川沿いの道から右手におれ、料理屋や料理茶屋などのつづく通りに入った。人影はまったくなかった。夜の賑わいが嘘のように、通り沿いの店は淡い夜陰のなかに寝静まっている。

「あの店で」

玄次が路傍に立って、斜前(はすまえ)の小体な店を指差した。

表の板戸がしまっていた。洩れてくる灯はなく、薄れてきた夜陰のなかに家の輪郭だけを黒く刻んでいる。

東の空は明るくなり、上空が青さを増してきていた。通りはほんのりと白み、通り沿いに並ぶ店や樹木などがその姿をあらわしてきた。

「玄次、店に入れるか」

安兵衛が訊いた。

「心張り棒がかってあるかもしれねえ」

玄次は足音を忍ばせて戸口に近付いた。

安兵衛と笑月斎も、足音をたてないように玄次の後についた。

三人は紅屋の戸口に立った。家のなかからは、物音も話し声も聞こえなかった。ひっそりと静まっている。

六

「開かねえ」

玄次が、板戸を引いたが開かなかった。心張り棒がかってあるらしい。

「どうする？」

安兵衛が小声で訊いた。

「なに、てえした戸じゃァねえ。穴を開けやしょう」

玄次は懐から十手を取り出した。

玄次の言うとおり、戸はだいぶ傷んでいた。薄い板は、所々に隙間や節穴があった。玄次は心張り棒がかってある辺りに見当をつけると、板の隙間から十手の先を差し込み、横にひねった。

バリッ、と音がし、板が一枚割れて落ちた。その隙間に、玄次は手をつっ込み、動かしていたが、板戸のむこう側で棒の落ちるような音がした。心張り棒がはずれて土間に落ちたらしい。

「開きやすぜ」

玄次は、戸を引いてあけた。

安兵衛たちは、足音をたてないように土間に入った。

なかは暗かった。それでも、仄白い朝のひかりが戸口から入り、土間につづく板間や紅を並べた台などを薄闇のなかに浮かび上がらせていた。

板間の先に、障子がたててあった。その先で、夜具を動かすような音がかすかに聞こえた。ひとのいる気配がする。

……目を覚ましたようだ！

安兵衛は察知した。辰三郎とお富は、玄次が板戸を破った音で目を覚ましたにちがいない。

「いくぞ」

安兵衛は目で笑月斎と玄次に合図し、板間に踏み込んだ。

ギシ、ギシと音がした。根太が緩んでいるらしい。

「だれでえ！」

障子の向こうで声がし、夜具を撥ね除ける音が聞こえた。

安兵衛は刀を抜き、峰に返した。斬らずに、峰打ちに仕留めるつもりだった。

ガラッ、と勢いよく障子があいた。

姿を見せたのは、寝間着姿の辰三郎だった。座敷には夜具が敷いてあり、襦袢姿の女が半身を起こしていた。お富であろう。

「長岡か！」

辰三郎は叫びざま反転した。逃げるつもりらしい。

「逃がさぬ！」

安兵衛は、刀を引っ提げて座敷に踏み込んだ。

キャッ！　と悲鳴を上げ、お富が、夜具の上を這って逃れた。襦袢がはだけ、乳房が見えた。太股まであらわになっている。

安兵衛は部屋の隅へ逃れようとした辰三郎に追いすがり、

タアッ！

と気合を発し、刀を低く振り上げて袈裟にふるった。

刀身が辰三郎の肩をとらえ、皮肉を打つにぶい音がした。

グワッ、と呻き声を上げ、辰三郎が身をのけ反らせた。そのまま前に泳ぎ、障子に頭からつき当たった。

バリバリ、と障子が桟ごと破れ、辰三郎は胸の辺りまで障子につっ込んだ。

辰三郎の逃げ足がとまった。そこへ、玄次と笑月斎が後ろから踏み込み、辰三郎の肩先や腰の帯をつかんで障子から引き出した。

玄次が、辰三郎に足をかけて強引に畳に押し倒した。

辰三郎は、なおも身をよじって逃れようとしたが、腹這いになったまま動けなかった。

「ジタバタするんじゃァねえ！　お上の御用だ」

玄次が辰三郎の両腕を後ろに取って、早縄をかけた。長年、岡っ引きだっただけあって、手慣れている。

「猿轡をかませろ」

安兵衛が言った。辰三郎に大声を出して騒がれると面倒である。

「よし、おれがやる」

笑月斎が懐から手ぬぐいを出して、猿轡をかました。

「女はどうしやす」

玄次が訊いた。

お富は部屋の隅に這い蹲い、ヒッ、ヒッ、と悲鳴を上げていた。恐怖で、体が顫えている。襦袢が乱れて半裸のようになっていたが、襟を合わせようともしなかった。

「放っておけ。お上のお縄を受けるのは、辰三郎だけだ」

安兵衛は、お上のことを口にした。

お富に、辰三郎は町方に捕らえられたようにみせかけたのである。源次郎たちがお富から話を聞けば、辰三郎は町方に捕縛されたと思うだろう。

安兵衛たちは辰三郎を立たせると、座敷の隅に脱いであった小袖を頭から被せて外に連れ出した。猿轡と後ろ手に縛った縄を隠したのである。

安兵衛たち三人は、辰三郎を三方から囲むようにし、人影のない路地や新道をたどって笹川に連れ込んだ。


安兵衛は辰三郎を二階に連れていき、安兵衛の使っている部屋に入れた。すでに、お房やお鶴は起きて、階下で店をひらく準備をしている。

「座らせてやれ」

安兵衛が、玄次に指示をした。

「へい」

玄次は辰三郎を座敷のなかほどに座らせてから安兵衛の脇に立った。

「猿轡はどうする」

笑月斎が訊いた。

「取ろう。話が聞けないからな」

安兵衛は、すぐに辰三郎の訊問を始めるつもりだった。

笑月斎が辰三郎の後ろにまわって猿轡をとった。

「お、おれを、どうするつもりだ」

辰三郎が、声を震わせて訊いた。恐怖と興奮で、顔がひき攣っている。

「話を訊くだけだ」

「おれは、てめえたちにする話なんぞ、ねえ」

「辰三郎、おれたちは、おまえにどんなことでもできるんだぜ。焼き殺してもいいし、簀巻きにして大川に捨ててもいい」

安兵衛が辰三郎を見すえて言った。

「……！」

辰三郎の顔から血の気が引き、体の顫えが激しくなった。

「おまえは、町方に捕らえられたことになってるんでな。仲間も、助けにはこないはずだ」

「ち、ちくしょう」

辰三郎の顔が、ひき攣ったようにゆがんだ。

「おまえは、源次郎の指図で動いていたようだが、子分なのか」

安兵衛が訊いた。

「し、知らねえ」

辰三郎はつっ撥ねるように言うと、安兵衛から顔をそらせてしまった。

「痛い目に遭わないと、話す気にはなれんか」

安兵衛は腰に差していた小刀を抜いた。こんなこともあろうかと、安兵衛は小刀も用意していたのだ。

安兵衛が頼んだ。

「玄次、猿轡をかましてくれ」

「へい」

玄次がすばやく辰三郎に猿轡をかました。

「店には女子供がいるので、静かにしてもらわないとな」

安兵衛はそう言って、辰三郎に近付いた。

七

「辰三郎、話す気になったら、頭を縦に振れ」

安兵衛は小刀の切っ先を辰三郎の頰に近付けた。

辰三郎は目尻が裂けるほど目を瞠(みひら)き、激しく身をよじって切っ先から逃れようとした。その体を、玄次が両肩をつかんで押さえつけた。

安兵衛が切っ先を辰三郎の頰に当て、ゆっくりと横に引いた。

赤い血の線がはしり、血が噴いて頰を流れ落ちる。

ウウウッ、と苦しげな呻き声が、猿轡の間から洩(も)れた。辰三郎は必死に首を伸ばし、切っ先から逃れようとした。

頰が赤い布を張り付けたように染まっている。

「しゃべるか！　……しゃべらなければ、次は目を切り裂くぞ」

安兵衛が、切っ先を辰三郎の左目に近付けて訊いた。

高揚しているらしく安兵衛の顔は赤みを帯び、鬼のような形相になっている。

だが、辰三郎は首を縦に振らなかった。

「それなら、目だ！　……目を切り裂いてくれる」

安兵衛は、小刀の切っ先を左の目尻近くに近付けた。

辰三郎は目をつぶり、必死に身をよじって切っ先から顔を離そうとしたが、駄目である。

「目を、切り裂くぞ！」

さらに、安兵衛が切っ先を辰三郎の目尻の脇に当てた。切っ先がかすかに肌を裂き、血が滲み出た。

そのとき、猿轡の間から、悲鳴とも呻き声ともつかぬ音が洩れ、辰三郎の頭がちいさく上下に動いた。頷(うなず)いたらしい。

「やっと、しゃべる気になったか」

安兵衛が小刀を辰三郎の顔から離した。

すると、玄次がすぐに辰三郎の猿轡をとり、その手ぬぐいを辰三郎の出血している頰に当てて押さえた。

手ぬぐいは血を吸って赤く染まったが、いっときすると出血は収まってきた。命にかかわるような傷ではない。

「おれもな、こんな手荒なことはしたくなかったのだ」

安兵衛は小刀を鞘に納めた。

「八寿屋に押し込んだり、笑月斎を襲ったりしたのは、源次郎の指図だな」

安兵衛が声をあらためて訊いた。

「へえ……」

辰三郎は肩を落としてうなずいた。まだ、息が乱れている。

「おまえは、源次郎の子分なのか」

「子分じゃァねえ」

「仲間か」

「そうよ、深川で知り合ったんだ」

辰三郎の息の乱れが収まってきた。

「深川のどこで知り合ったのだ」

「ちょいと、楽しんだときにな」

すぐに、辰三郎は答えた。隠す気は失せたらしい。

「女か」

「手慰み（てなぐさ）でさァ」

「うむ……」

辰三郎は賭場で源次郎と知り合ったらしい。ただ、安兵衛は町方ではないので、博奕のことを聞き出すつもりはなかった。

「源次郎は、八寿屋を強引に脅し取って、三崎屋と同じような店にするつもりだったのだな」

安兵衛が言うと、辰三郎が驚いたような顔をした。そこまで、知られているとは思わなかったのだろう。

「そうでさァ」

辰三郎が小声で言った。

「相模や宮本も、源次郎の指図で動いているのか」

安兵衛が、相模と宮本の名を出して訊いた。

「まァ、そうで」

「金か」

安兵衛は、よほど金を積まなければ、相模や宮本が源次郎の指図に従うとは思えなかった。

「金でしょうよ。……それに、親爺(おやじ)さんとのつながりもありまさァ」

「親爺さんとは?」

「源次郎兄いの親爺さんで」

「三崎屋の茂兵衛か」

「そうでさァ」

「相模や宮本は、茂兵衛が深川にいたころから繋がっていたのか」

「へえ……」

辰三郎は、ちいさくうなずいた。

「そういうことだったのか」

茂兵衛が三崎屋を手に入れたときも、陰で相模や宮本が動いていたのであろう。茂兵衛は、三崎屋を安く買い取ったということだが、相模や宮本を使って強引に脅し取ったとも考えられる。

……源次郎の陰に、茂兵衛がいるのかもしれん。

安兵衛が、胸の内でつぶやいた。

「ところで、辰三郎、相模は何者だ」

安兵衛が声をあらためて訊いた。

「御家人と聞いてやす」

「屋敷はどこにある」

「相模の旦那は下谷にいたらしいが、あっしは行ったことがねえ」

「下谷のどこだ」

下谷は、御家人や小身の旗本の屋敷が多く、下谷というだけでは探しようがない。

「練塀小路の近くだそうで」

「うむ……」

下谷に、練塀小路と呼ばれる通りがある。その辺りを探れば、分かるかもしれない。

「宮本の塒は？」

安兵衛が訊いた。

「米沢町のようでさァ」

辰三郎によると、宮本は日本橋米沢町の借家に情婦といっしょに住んでいるという。

米沢町は、薬研堀とも近い。

「そうか」

安兵衛が、玄次に顔をむけると、

「あっしが、つきとめやすぜ」

玄次が、小声で言った。

安兵衛が口をつぐんだとき、

「旦那、あっしをどうするつもりで」

辰三郎が、上目遣いに安兵衛を見て訊いた。

「おまえを、ここに置いておくわけにはいかないな。やはり、町方に引き渡すしかないか」

安兵衛は、端(はな)から辰三郎を同心の倉持に引き渡すつもりでいた。八寿屋に押し入って店を壊しただけでも罪になるはずだ。

「それはねえ……」

辰三郎は、うらめしそうな顔をして安兵衛を見た。

第四章　お鶴危うし

一

「お勝、この店での暮らしは慣れたかな」

安兵衛は、お鶴の名を出さなかった。お鶴が、笹川にいることを隠すためである。

笹川の一階の小上がりだった。お鶴のそばに、お房もいる。安兵衛は、お房が作ってくれた茶漬けを食っていた。

お鶴は地味な縞柄の小袖に前だれをかけ、赤い片襷（かただすき）をかけていた。料理屋の女中にしては、地味な身装（みなり）である。お房はお鶴であることが知れないように、お鶴に地味な恰好をさせて座敷の客に酌もさせなかった。お鶴の仕事は板場の手伝いと、料理を運んだり片付けたりするだけである。

「はい、女将さんやお春さんがよくしてくれるので、働くのが楽しいんです」

お鶴が笑みを浮かべて言った。

そういえば、八寿屋にいるときより、お鶴の目がかがやいているように見えた。箱入り娘で、働いたことがないので笹川での仕事が楽しいのかもしれない。

「お勝は、よく働いてくれるんですよ」

お房が、顔をなごませて言った。

「それはよかった」

安兵衛は、お鶴が親元を離れて辛(つら)い思いをしていないか、気にかけていたのである。

「お茶を淹れましょうか」

そう言って、お房が立ち上がったときだった。

表の格子戸があいて、又八が顔を出した。

「とんぼの旦那、朝めしですかい」

又八が、安兵衛を見ながら薄笑いを浮かべた。いつの間にか、安兵衛のことを、とんぼの旦那と呼んでいる。

「何の用だ」

安兵衛が訊くと、又八はお鶴に目をやりながら、

「ちょいと、旦那の耳に入れておきてえことがあるんでさァ」

と、急に顔の笑いを消して言った。

安兵衛は、お鶴に聞かせたくない話らしいと察し、

「お勝、お房の手伝いに行ってくれ」

と、小声で言った。

「はい」

お鶴はすぐに腰を上げた。

その場から、お鶴の姿が消えると、

「旦那、どうも、この店を探っているやつがいるようなんでさァ」

又八が、声をひそめて言った。

「源次郎たちか」

「へい」

又八によると、昨日の夕方、笹川の近所の店の戸口で、遊び人ふうの者が店の奉公人と何か話しているのを目にしたという。

又八は気になり、遊び人ふうの男が店から離れるのを待って、店の奉公人に話を訊いたそうだ。

「奉公人の話だと、そいつは旦那のことや笹川にお鶴という娘は、いないかと訊いたそうでさァ」

　又八が言った。

「それで？」

「奉公人が、お鶴という娘はいないと答えると、そいつは、ちかごろ笹川で十六、七の新顔の娘を見かけないか訊いたそうで」

「その奉公人は、どう答えたのだ」

　安兵衛が訊いた。

「お勝という名の十六、七の色白の娘が、笹川で女中として働くようになったと話したそうでさァ」

「まずいな」

　源次郎たちは、お鶴が笹川に身を隠していることに気付いたのではあるまいか。すくなくとも、お勝がお鶴かどうか確かめにくるはずである。

「どうしやす」

　又八も、お勝がお鶴であり、笹川で身を隠していることを知っていた。

「八寿屋に帰すわけにはいかないし、笑月斎のところも探られているようだし……。

しばらく、お鶴を店に出さないようにして様子を見るしかないな」

安兵衛は、源次郎たちが笹川に手を出す前に、源次郎を捕らえるなり、宮本と相模を始末するなりすれば、お鶴から手を引くのではないかとみていた。

「ところで、又八、相模の居所は知れたか」

安兵衛は又八を練塀小路に行かせ、相模の屋敷を探らせていたのである。

「屋敷は知れやした」

相模の屋敷は、練塀小路沿いにある武家屋敷だという。

「まだ、相模が、屋敷にいるかどうか分からねえんでさァ」

屋敷には、相模彦一郎（ひこいちろう）という男が住んでいるらしいという。

「その男が、当主ではないか」

相模の父親か、家を継いだ相模家の長男であろう。

「あっしも、そうみてやすが……」

又八は、語尾を濁した。

「いずれにしろ、相模がその屋敷に住んでいるか、はっきりしないのだな」

「へい」

「どうだ、これからおれといっしょに行ってみるか」

下谷の練塀小路ならそう遠くない。近所で訊いてみれば、様子が知れるだろう。

「お供しやす」

又八が立ち上がった。

「よし、行こう」

安兵衛は板場に行き、急用ができたので、又八と出かけることをお房に話してから笹川を出た。


笹川の斜向かいに、そば屋があった。店の脇に、手ぬぐいで頬っかむりした男が、笹川から出ていく安兵衛と又八の後ろ姿に目をむけていた。

大柄な男で眉が濃く、目がギョロリとしていた。宮本と辰三郎といっしょに笑月斎を襲った男で、名は五六造（ごろぞう）という。

五六造は、安兵衛たちの姿が通りの先に遠ざかると、そば屋の脇から通りに出た。そして、安兵衛たちの跡を尾け始めた。

五六造は安兵衛たちが駒形町の路地を西にむかうのを目にすると、足をとめ、

……いまなら、笹川は手薄だ。

とつぶやいて、口許に薄笑いを浮かべた。

五六造は踵を返すと、小走りで千住街道にむかった。

二

安兵衛と又八は浅草の町筋を西にむかい、新堀川を越えて三味線堀の脇に出た。さらに、大名屋敷や大身の旗本屋敷のそばを歩き、御徒町に入った。通り沿いには、小身の旗本や御家人の武家屋敷がつづいている。

しばらく歩くと、下谷練塀小路に突き当たった。

「旦那、こっちですぜ」

又八は、練塀小路を右手におれた。通り沿いには、小体な旗本屋敷や御家人の屋敷がごてごてと並んでいる。

又八は、三町ほど歩いたところで足をとめた。粗末な木戸門の前である。八十石ほどの御家人の屋敷であろうか。

「旦那、この屋敷ですぜ」

又八が小声で言った。

「やけに静かだ」

相模家の木戸門はしまっていた。屋敷のなかから、かすかに床を踏むような足音がしたが、物音も話し声も聞こえなかった。

「さて、どうするか」

屋敷に入って、住人に話を聞くわけにはいかなかった。

通りには、ぽつぽつと人影があった。御家人ふうの武士が中間を連れて歩いていたり、御仕着せ姿の半纏を羽織った中間が通りかかったりする。

「あの中間に、訊いてみるか」

半町ほど前方に、ふたりの中間の姿が見えた。何か話しながら、こちらに歩いてくる。近所の旗本屋敷で奉公している中間であろうか。

安兵衛と又八は、中間の方へ小走りにむかった。相模家から離れた場所で、話を聞きたかったのである。

「しばし……」

安兵衛が、ふたりの中間の前に立って声をかけた。

「あっしらですかい」

赤ら顔の太った男が、驚いたような顔をした。もうひとり、背のひょろりとした男は、警戒するような目で安兵衛を見ている。

「ちと、訊きたいことがあってな。ふたりは、この近くの屋敷に奉公しているのか」

安兵衛が訊いた。

又八は、殊勝な顔をして安兵衛の後ろに控えていた。御家人に奉公している小者に見えるかもしれない。

「へい、この先の旗本屋敷で」

赤ら顔の男が言った。主家の名を口にしなかったのは、安兵衛を警戒したからであろう。

「この先に、相模どのの屋敷があるな」

安兵衛が、通りの先を指差した。

「ありやすが」

「相模十郎兵衛どのに、世話になったことがあってな。近くに来たので寄らせてもらおうと思ったのだが、留守のようなのだ」

相模家の屋敷に、住人はいたようだが、安兵衛は話を聞き出すためにそう言ったのである。

「そうですかい」

赤ら顔の男は、首をひねった。安兵衛が何を訊こうとしているのか、分からなかったのだろう。

「彦一郎どのが御当主と聞いているが、いまもそうかな」

安兵衛は、又八から聞いた彦一郎の名を出した。

「さァ……」

赤ら顔の男が首をひねったとき、ひょろりとした男が、

「御当主は、彦一郎さまですぜ」

と、脇から口をはさんだ。

どうやら、この男は、相模家のことを知っているらしい。

「彦一郎どのは、十郎兵衛どのの兄上か」

安兵衛は、ひょろりとした男に顔をむけた。

「そうでさァ」

ひょろりとした男によると、兄弟の父親は十年ほど前に病で亡くなり、嫡男の彦一郎が家を継いだという。

「ちかごろ、十郎兵衛どのは家にいないのだな」

兄が家を継いで十年も経てば、冷や飯食いの次男は家に居辛いはずである。安兵衛も、同じような立場だったのでよく分かる。

「十郎兵衛さまは、彦一郎さまが家を継がれてから四、五年して、家を出られたと聞いておりやす」

「それで、いま、どこに住んでおられるか知っているか」

安兵衛は、相模の居所が知りたかった。

「知りませんねえ」

ひょろりとした男は、首を横に振った。

安兵衛は念のために宮本や源次郎のことも訊いてみたが、ふたりの中間はまったく知らなかった。

「手間をとらせたな」

そう言って、安兵衛は中間ふたりと別れた。

安兵衛たちはしばらく路傍に立ち、通りかかった御家人ふうの武士や中間などに、それとなく相模の居所を訊いてみたが、新たなことは分からなかった。

「今日のところは、引き上げるか」

安兵衛が言った。

「へい」

安兵衛と又八は、来た道を引き返し始めた。

安兵衛たちが相模家の前を通り過ぎて一町ほど歩いたとき、斜向かいの旗本屋敷の板塀の陰から三人の男が通りに出てきた。

ひとりは、網代笠をかぶった武士で、他のふたりは手ぬぐいで頬っかむりした町人だった。

三人の男は、足早に安兵衛たちの跡を尾け始めた。安兵衛たちは気付かない。

安兵衛たちが練塀小路から浅草方面につづく細い路地に入ったとき、三人の男は走りだした。

安兵衛と又八は、小体な武家屋敷がまばらにつづく通りを歩いていた。人影はすくなく、ときおり御家人ふうの男や中間などが通りかかるだけである。

前方に四辻（よつつじ）があった。安兵衛と又八が四辻の近くまできたとき、ふいに、三人の男が路地から走り出て、安兵衛と又八をとりかこんだ。

三

安兵衛の前に、網代笠をかぶった武士が立ちはだかった。ふたりの町人は、又八の前と左手にまわり込んできた。

「うぬら、何者だ!」

安兵衛は三人に目をやりながら、腰の刀に手を添えた。

対峙した武士は無言で、抜刀体勢をとった。たっつけ袴に、草鞋履きである。その身辺に殺気があった。

「相模か」

安兵衛が誰何した。武士の顔は見えなかったが、その体軀に見覚えがあった。八寿屋で目にした相模にちがいない。

「知れたからには、笠は邪魔だな」

相模は、網代笠をとって路傍に投げた。

「おれを待ち伏せしていたな」

安兵衛は抜刀した。ここは、闘うしか手はないとみたのである。

すかさず、相模も抜き、青眼に構えると切っ先を安兵衛にむけた。

一方、又八の正面に立ったのは、がっちりした体軀の男だった。匕首を顎の下に構え、腰を沈めていた。喧嘩慣れした男らしく、身辺に獲物に飛びかかる野獣のような凄みがあった。

もうひとりの町人はすこし間合をとって、又八の左手に立っている。匕首を手にしていたが、すぐに斬りかかっていく気配はなかった。

「お、お上に、手出しするのか！」

又八は十手を懐から取り出した。

十手はがっちりした男にむけられたが、腰が引け、十手の先が小刻みに震えている。

……長引いたら、又八は殺られる！

と、安兵衛はみた。

安兵衛と相模の間合は、三間ほどだった。

相模は、青眼に構えた切っ先を安兵衛の目線につけた。隙のない、腰の据わった構えである。

……遣い手だ！

安兵衛は察知した。

相模の剣尖に、眼前に迫ってくるような威圧感があった。しかも、相模の体が遠ざかったように見える。剣尖の威圧で、間合が遠く感じられるのだ。

だが、安兵衛はすこしも臆さなかった。口許には、ふてぶてしい薄笑いが浮いている。安兵衛は相青眼に構えて剣尖を相模にむけると、切っ先を小刻みに上下させ、両膝をわずかに折って踵を浮かせた。瞬発力を高め、一瞬の動きを迅めるためである。また、切っ先を小刻みに動かしたのは、敵に斬撃の起こりを読ませないためだ。安兵衛が、実戦のなかで身につけた独特の構えである。

「その構えは？」

相模が訊いた。安兵衛の構えが、異様に見えたのであろう。

「とんぼ剣法だよ」

安兵衛の剣は、神道無念流の構えや刀法とは、ちがっていた。酒と喧嘩の荒んだ暮らしのなかで、実戦をとおして身につけた喧嘩剣法である。安兵衛は、自分が陰で極楽とんぼと呼ばれていることから、とんぼ剣法と勝手に名付けたのだ。

「とんぼ剣法だと」

相模が揶揄するように言った。

「無手勝流よ」

そう言うと、安兵衛はすこしずつ相模との間合をつめ始めた。早く勝負を決しなければ、又八が危ういのである。

相模は動かなかった。気を静めて、安兵衛の動きと間合を読んでいる。

安兵衛は全身に気勢を込め、斬撃の気配を見せながら、ジリジリと間合をつめていく。ふたりは痺(しび)れるような剣気をはなち、いまにも斬り込んでいきそうな気配を見せた。

ふいに、安兵衛の寄り身がとまった。一足一刀の間境の一歩手前である。安兵衛はこのまま斬り込むと、出鼻をとらえられる、とみたのだ。

安兵衛は爪先を前後に動かし、
イヤアッ！

と、裂帛の気合を発した。相模の気を乱したのである。

次の瞬間、相模の剣尖がわずかに揺れ、斬撃の気がはしった。

タアッ！

鋭い気合を発し、相模が斬り込んだ。

袈裟へ——。

稲妻のような斬撃が、安兵衛の肩先を襲う。

オオッ、と声を発しざま、安兵衛は右手に跳んで刀身を横に払った。神速の斬撃である。ザクッ、と安兵衛の着物の肩先が裂け、ほぼ同時に相模の着物の脇腹の辺りが横に斬り裂かれた。

次の瞬間、ふたりは大きく背後に跳んで間合をとり、ふたたび相青眼に構え合った。

相模の脇腹にかすかに血の色があった。安兵衛の切っ先がとらえたらしい。ただ、かすり傷である。

一方、安兵衛の肩に血の色はなかった。わずかな差で、相模の斬撃をかわしたのである。これが、安兵衛の喧嘩剣法の本領だった。一瞬の動きのなかで、敵の切っ先を見切るのである。

「やるな」

相模の顔に、驚きの色が浮いた。安兵衛が、これほどの遣い手とは思わなかったのだろう。

「次は、首を落としてやる」

安兵衛は言いざま、チラッ、と又八に目をやった。

又八は恐怖に顔をしかめ、十手を前に突き出すように構えて後じさっていた。対峙した男が、腰をかがめたまま又八に迫っていく。

……長くはもたねえ！

察知した安兵衛は、すぐに動いた。

切っ先を小刻みに上下させながら、摺り足で相模との間合をつめ始めた。

相模は下がった。安兵衛を斬撃の間合に踏み込ませないつもりらしい。安兵衛は、寄り身を速めた。相模は間合を保ったまま下がっていく。

ふいに、相模が足をとめた。踵が武家屋敷の板塀に迫り、それ以上下がれなくなったのである。

「長岡、勝負はあずけた」

相模が右手に走りざま、引け！　とふたりの町人に叫んだ。

安兵衛との間合があくと、相模は右手にむかって走りだした。

安兵衛は相模を追わず、抜き身を手にしたまま又八のそばに走った。いまにも、又八はがっちりした体軀の男の匕首で仕留められそうである。

男は、安兵衛が迫って来るのを見ると、

「逃げろ！」

と叫んで、反転した。

もうひとりの男も、匕首を手にしたまま駆けだした。

安兵衛も又八も、逃げる三人を追わなかった。追うどころか、逃げてくれて助かったと思ったのである。

「……命拾いしやした」

又八がこわばった顔で言った。

「危うかったな」

「あっしの前にいた男は、匕首を遣うのがうまそうでしたぜ」

「体の大きなやつか」

「へい」

「どうやら、笑月斎のときと同じように、おれたちの命を狙っていたようだ」

安兵衛が、虚空を睨むように見すえて言った。

四

安兵衛と又八が、笹川を出て半刻（一時間）ほどしたときだった。笹川の店先に、数人の男が集まっていた。

牢人体の男がひとり、町人が四人いた。町人のなかのふたりは、駕籠かきらしい男で、一挺の辻駕籠を担いでいる。

牢人は宮本だった。あとのふたりは、源次郎と五六造だった。

笹川の前の通りは参詣客や遊山客などが通りかかったが、足をとめる者はいなかった。笹川に来た客とみたのだろう。

「踏み込め！」

源次郎が声を上げた。

駕籠を店の脇に置いてから、五人の男は暖簾をくぐった。土間に入ると、男たちは手早く懐から手ぬぐいを出し、頬っかむりをして顔を隠した。

まだ、店に客はいないらしく、ひっそりとしていた。

たまたま土間にいたお春が、いらっしゃい、と声をかけたが、すぐに身を竦ませて顫えだした。突然、店に入ってきた五人が手ぬぐいで頬っかむりをしたのを見て、賊が押し込んできたとみたのである。

「この女ですかい」

ひとりの町人が、お春を指差して訊いた。

「そいつじゃァねえ。……手筈どおり、店のなかを探せ」

源次郎が叫んだ。

「ぬ、盗人！」

お春は悲鳴のような声を上げて後ろに逃げようとしたが、小上がりの前で町人のひとりに肩をつかまれた。

お春は恐怖のあまり、その場にへたり込んでしまった。

「こいつは、どうしやす」

肩をつかんだ町人が訊いた。

「手筈どおりだ」

「へい」

町人は手ぬぐいでお春の口に猿轡をかまし、細引で後ろ手にしばった。手際がいい。手ぬぐいも細引も用意してきたらしい。

この間に、宮本や源次郎たちは、一階の座敷や板場をまわり、客間で拭き掃除をしていたお房、居間にいたお満、そして物音を聞いて駆け付けた包丁人の峰造も縛り上げて猿轡をかました。

船頭の梅吉は、大川の桟橋にいて店にはいなかった。

「お鶴は、どこだ」

源次郎が声を上げた。

そのとき、奥の座敷で物音がした。

「奥だ！」

源次郎たちは、廊下に出て奥へ走った。

そこへ、奥の座敷で客を入れる支度をしていたお鶴が、表の騒ぎを耳にして廊下へ出てきた。

「いた、あそこだ！」

源次郎が声を上げ、宮本や五六造とともにお鶴に走り寄った。

お鶴は、その場に凍りついたようにつっ立った。源次郎たちの姿を見てすぐに事態を察知したが、逃げようとしなかった。いや、恐怖に身が竦んで、動けなかったのである。

「お鶴、探したぜ」

源次郎はお鶴の両肩をつかんだ。

お鶴は、へなへなとその場に尻餅をついた。顔から血の気が失せ、体を激しく顫わせている。

「兄い、縄をかけやすかい」

五六造が訊いた。

「お鶴に、手荒なことはしたくねえが、しかたがねえ」

源次郎が口許に薄笑いを浮かべた。

すぐに、五六造がお鶴の後ろにまわり、お鶴の手を後ろにとって縛り、手ぬぐいで猿轡をかました。

「お鶴を連れていけ」

源次郎が声をかけた。

五六造と駕籠を担いできた男が、お鶴の両腕を取って立たせ、店先に連れていった。そして、店の脇に置いてあった駕籠を店のなかに運び込み、お鶴を乗せた。

源次郎は土間の隅にいたお春に、

「おい、長岡たちに言っておけ、下手にお鶴を探したりすれば命はないとな」

そう言い残し、戸口にむかった。

源次郎につづいて、駕籠かきがお鶴を乗せた駕籠を担いで店を出た。五六造と宮本は、駕籠の後ろについている。


その日、安兵衛と又八が笹川にもどってきたのは、陽が西の空にまわってからだった。店先に暖簾が出ていなかった。客がいてもいいころだが、客の声はまったく聞こえてこない。

……何かあったな！

安兵衛は急いで店に入った。

又八も、慌てた様子でついてきた。

土間や小上がりに、男や女たちが集まっていた。お房、お春、お満、峰造、梅吉、それに笑月斎の姿もある。安兵衛は、その場に居合わせた者たちの表情から何か異変があったのを察知した。

お房が店に入ってきた安兵衛の姿を見て、

「長岡の旦那！」

と、声を震わせて言った。

「どうしたのだ」

「お、お鶴さんが……」

お房は、お鶴の名を口にした。お勝という偽名を使う必要がなくなったのであろう。

「お鶴が、どうした」

安兵衛は、その場にお鶴の姿がないのに気付いた。

「お、押し込んできた男たちに、連れていかれたんですよ」

お房が、声を震わせて言った。

「源次郎たちらしい」

笑月斎が言い添えた。

その後、お春やお房から事情を聞くと、源次郎たち五人がいきなり店に踏み込んできて、店にいたお房たちを縛り上げ、お鶴を駕籠に乗せて攫っていったという。

源次郎たちがお鶴を連れ去って、半刻（一時間）ほどしたとき、舟を出す支度を終えた梅吉が店にもどり、猿轡をかまされて後ろ手に縛られているお春を目にして、助けたという。

「あっしとお春とで店をまわり、女将さんたちを助けたんでさァ」

梅吉が言い添えた。

「おれは、たまたま様子を見に来てな。源次郎たちが、お鶴さんを連れ去ったのを知ったのだ」

笑月斎が、眉を寄せて言った。

「源次郎たちがお鶴を連れ去った先は、分からないのか」

安兵衛が訊いた。

「分からん。源次郎たちは、おぬしが店にいないのを知って踏み込んできたようだ」

「うむ……」

そのとき、安兵衛は相模たちに待ち伏せされたことを思い出した。

源次郎たちの仲間が笹川を見張っていて、安兵衛と又八が店を出たのを見たにちがいない。そして、相模たちが安兵衛を待ち伏せ、源次郎や宮本たちは笹川に押し入ってお鶴を連れ去ったのだろう。

「八寿屋に知らせたのか」

安兵衛が訊いた。

「ま、まだです」

お房が声を震わせて言った。

「ともかく、吉兵衛にこのことを話しておこう。笑月斎、いっしょに行くか」

安兵衛が笑月斎に声をかけた。

「むろん行く」

ふたりは、そのまま笹川を出て浅草茶屋町にむかった。


八寿屋の座敷で、安兵衛と笑月斎は吉兵衛と顔を合わせた。安兵衛が吉兵衛に、お鶴が源次郎たちに連れ去られた顚末(てんまつ)を話すと、

「な、長岡さま、お鶴はどこへ……」

吉兵衛が声を震わせて訊いた。顔から血の気が引き、膝の上で握りしめた拳(こぶし)が、ブルブルと震えている。

「分からないのだ」

安兵衛は、源次郎たちがお鶴を駕籠に乗せて連れ去ったことを話した。

「つ、鶴は、生きているでしょうか」

「お鶴が殺されるようなことはない。殺す気なら、駕籠まで用意して連れ去るはずはないからな」

源次郎たちは、お鶴に手荒なこともしないはずだ。源次郎の狙いは、お鶴の婿になり、八寿屋を自分の店にすることにある。そのお鶴を手荒に扱って、怪我をさせたり病気になったりすれば、源次郎の思惑どおりにならなくなるだろう。

「それなら、いいんですけど……」

吉兵衛は、すこしだけ安心したようだった。

「お鶴は、おれたちが助け出す」

安兵衛が言うと、

「こうなると、お鶴さんはおれたちにとっても身内のようなものだ。かならず、助け出すからな」

笑月斎が声を強くして言い添えた。

五

「どうだ、玄次、何か知れたか」

　安兵衛が訊いた。

　笹川の二階の安兵衛の部屋だった。玄次と笑月斎が来ていた。座敷の隅に置いてある行灯（あんどん）の明かりに、三人の顔が浮かび上がっている。三人とも、いつになく真剣な顔をしていた。膝先に酒の入った貧乏徳利と湯飲みが置いてあったが、酒に目のない安兵衛まであまり手を出さなかった。

「三崎屋には、源次郎と宮本の他に遊び人らしい男が、何人か出入りしていやす」

　玄次が言った。

　お鶴が源次郎たちに連れ去られて三日経っていた。この二日間、玄次は安兵衛の指示で三崎屋に張り付いて、出入りする者に目を配っていた。安兵衛は、源次郎や宮本の他にも笹川に押し入った者が、三崎屋に出入りしているとみていた。笹川に押し入った者がはっきりすれば、捕らえてお鶴の居所を吐かせる手もある。

「こうなったら、三崎屋に踏み込んで源次郎を押さえるか」

笑月斎が語気を強くして言った。

「三崎屋に踏み込むのはまずい」

安兵衛は膝先に置いてあった湯飲みを手にし、

「笑月斎、焦って動くと、かえってお鶴を助けられなくなるぞ。お鶴が三崎屋にいた場合、源次郎を押さえようとして踏み込めば、お鶴を人質に取られるぞ。……そうなると、おれたちが源次郎たちに押さえられることになる」

「うむ……」

笑月斎が渋い顔をした。

「それにな、源次郎を捕らえれば、必ず三崎屋の茂兵衛が、源次郎を放さなければお鶴を殺すと言ってくるはずだ」

「おれたちは、手も足も出なくなるわけか」

笑月斎が顔をしかめた。

「そうだ」

「どうすればいい。……こういうとき、おれの八卦も役にたたぬ」

「分からないように源次郎の仲間をつかまえて、お鶴の居所を吐かせるしかないな」

安兵衛が玄次に、

「遊び人ふうの男が、三崎屋に出入りしていると言ったな」

と、念を押すように訊いた。

「へい」

「そいつをひとりつかまえよう」

「辰三郎のように、ここに連れて来て口を割らせるのか」

笑月斎が訊いた。

「いや、今度は別の場所がいい。源次郎たちは仲間がいなくなれば、すぐに笹川に目をつけるだろうからな。……舟を使うのだ」

「舟を？」

笑月斎と玄次が、安兵衛に顔をむけた。

「梅吉に頼んで舟を出してもらおう。ひとり捕らえたら、舟に乗せてな。舟の上で、口を割らせるのだ」

「その後は？」

笑月斎が訊いた。

「そのまま、八丁堀へ連れていって倉持どのに引き渡す。お鶴を攫った一味でなかったとしても、たたけばいくらでも埃が出るにちがいない」

「あっしが、倉持の旦那に話しやすぜ」

玄次が言った。

「頼む」

「それで、いつ行く」

笑月斎が身を乗り出して訊いた。

「早い方がいい。明日だな」

そう言って、安兵衛は湯飲みの酒をグイと飲んだ。


翌日、陽が西の空にまわったころ、駒形堂の近くにある桟橋に、安兵衛、笑月斎、玄次の三人が集まった。

猪牙舟(ちょきぶね)の艫(とも)にいた梅吉が、

「乗ってくだせえ」

と言って、棹(さお)を取った。

安兵衛たち三人が舟に乗り込むと、梅吉は舟を桟橋から離し、水押(みお)しを大川の川下にむけた。

舟は浅草の家並を右手に見ながら、大川の川面を滑るように下っていく。いっときすると、浅草御蔵が右手に近付き、両国橋が眼前に迫ってきた。

両国橋をくぐると、梅吉は水押しを右手に寄せた。薬研堀はすぐである。

梅吉は薬研堀の手前にある桟橋に船縁（ふなべり）を寄せ、

「着きやしたぜ」

と、安兵衛たちに声をかけた。

安兵衛たち三人は桟橋に下り立つと、

「梅吉、しばらくここで待っていてくれんか」

安兵衛が頼んだ。捕らえた源次郎の仲間を舟に乗せて、話の聞けそうな場所に連れていくためである。

「ようがす」

梅吉が、舫（もや）い杭（ぐい）に舟をつなぎながら言った。

「こっちでさァ」

玄次が先にたった。

薬研堀沿いの通りに出ると、料理屋や料理茶屋が目につくようになり、華やいだ雰囲気につつまれていた。

「あれだ」

安兵衛が二階建ての大きな料理屋を指差した。三崎屋である。裏手には別棟があった。別棟も、客を入れる離れだった。

安兵衛は又八とふたりでこの近くに来て、三崎屋のことを聞き込んでいたので知っていたのだ。

「大きな店だな」

笑月斎が驚いたような顔をした。

すでに、三崎屋には客が入っており、二階の座敷から男たちの談笑、嬌声、弦歌の音などのさんざめきが聞こえてきた。

「どこか、店先を見張る場所はないかな」

安兵衛が玄次に訊いた。

「そこの、下駄屋の脇はどうです」

玄次が三崎屋の斜向かいの下駄屋を指差して言った。

小体な下駄屋だった。隣のそば屋との間に狭い空き地があり、椿がこんもりと枝葉を茂らせていた。

「いい場所だ」

椿の樹陰にまわれば、行き交うひとの目にもとまらないはずである。それに、いっときして、暮れ六ツ（午後六時）の鐘が鳴れば、下駄屋も店をしめるだろう。

安兵衛たちは椿の樹陰に身を隠した。

「旦那、三崎屋の脇のくぐりからも出入りできるんでさァ」

玄次が、指差して言った。

三崎屋の脇に短い板塀があり、くぐり戸がついていた。そこから、三崎屋の裏手にまわれるらしい。おそらく、裏手の離れにも行くことができるのだろう。

六

安兵衛たちが椿の樹陰に身を隠して一刻（二時間）ほど過ぎた。すでに、暮れ六ツの鐘は鳴り、辺りは淡い夕闇につつまれている。下駄屋は店じまいして洩れてくる灯もなく、椿の樹陰の闇は濃くなっていた。

「なかなか、姿を見せんな」

笑月斎が、うんざりした顔をして言った。こうした張り込みは、好きではないらしい。

「もうすこし待とう」

安兵衛がそう言ったとき、

「くぐりから、出てきやしたぜ」

玄次が、椿の葉叢の脇から身を乗り出すようにして言った。

見ると、三崎屋の脇のくぐり戸から、男がひとり姿を見せた。遊び人ふうの大柄な男だった。五六造である。

「あやつ、おれを大川端で、襲ったひとりだ！」

笑月斎が声を上げた。

「よし、やつを押さえよう」

安兵衛たちは、音をたてないように椿の樹陰から通りに出た。

五六造は、薬研堀沿いの道を大川の方へむかっていく。まだ、通りにはちらほら人影があった。料理屋や料理茶屋の客らしい男、遊び人、箱屋を連れた芸者などが通りかかる。安兵衛たちは店の角や樹陰などに身を隠しながら、五六造の跡を尾けた。そして、前方に大川の流れの音が聞こえてくると、

「大川端に出る前に、やつを押さえやしょう。あっしが、やつの前にまわりやす」

玄次はそう言い残し、右手にあった細い路地に走り込んだ。路地をたどって、五六造の前にまわり込むつもりらしい。

安兵衛と笑月斎は足を速め、五六造との間をつめた。大川の流れの音がしだいに大きくなり、家並の間から黒ずんだ川面が見えた。大川端まで、もうすこしである。

「見ろ、玄次だ」

笑月斎が前方を指差して言った。

五六造の前方に、かすかに玄次らしい人影が見えた。五六造の行く手に、先回りしたようだ。

「行くぞ！」

安兵衛が走りだした。

笑月斎も、安兵衛につづいて走った。

ふいに、五六造が振り返った。背後に迫る安兵衛たちの足音が聞こえたらしい。すでに、安兵衛たちは、五六造に三十間ほどに迫っていた。

一瞬、五六造は驚いたようにつっ立ったが、すぐに走りだした。だが、その足がすぐにとまった。前方に玄次が立っていたからである。玄次は通りのなかほどに立ち、十手を手にしていた。

五六造は逡巡するような素振りを見せたが、懐から匕首を取り出すと胸の辺りに構えて、玄次の方に走った。

「待て！」

安兵衛が追った。後に、笑月斎がつづく。笑月斎は喘ぎ声を上げていた。走るのがあまり得意ではないようだ。

五六造は足をとめず、玄次に走り寄ると、

「どけ！」

と叫んで、玄次にむかって匕首を突き出した。

咄嗟に、玄次は後ろに跳び、十手で匕首を払った。

にぶい金属音がひびき、匕首が空を切り裂いて流れた。勢い余った五六造は、脇へよろめいた。

そこへ、安兵衛が走り寄り、
イヤアッ！

鋭い気合を発しざま、峰に返した刀身を横に払った。一瞬の太刀捌きである。

ドスッ、という鈍い音がし、安兵衛の刀身が、五六造の脇腹に食い込んだ。峰打ちが腹に入ったのだ。

五六造は、匕首を取り落としてよろめいた。そして、足がとまると、両手で脇腹を押さえてうずくまった。蟇の鳴くような呻き声を上げている。

安兵衛は切っ先を五六造の首筋にむけ、

「玄次、縄をかけてくれ」

と、指示した。

「へい」

玄次は、すぐに細引を取り出し、五六造の両腕を後ろに取って早縄をかけた。長年岡っ引きをやっていただけあって、玄次は巧みに早縄をかけた。

「舟へ連れて行こう」

安兵衛と玄次が五六造の左右に立って両腕を取り、大川の方へ歩きだした。

笑月斎は、五六造の姿を隠すようにすぐ前に立って歩いた。梅吉の待っている桟橋まで近かったので、通りすがりの者に騒がれることもなく舟に乗り込むことができた。

艫に立った梅吉は棹(さお)を手にしたまま、

「旦那、舟でどこへ行きやす」

と、訊いた。まだ、行き先は決めてなかったのである。

「梅吉、どこか、人目につかないところに舟をとめられるか」

安兵衛が訊いた。

「佃島(つくだじま)の近くの浅瀬にでも着けやしょうか」

梅吉が、そこなら漁師が舟をとめる杭があって、繋いでおくことができると言った。

「そこへ、行ってくれ」

「承知しやした」

梅吉は巧みに棹を使って水押しを下流にむけた。

晴天だった。満天の星である。月が頭上で、皓々とかがやいている。夜陰につつまれた大川の川面が、月光を映して青磁色に輝いていた。川面にたった無数の波の起伏が、青白くひかる巨大な蛇の鱗のように見えた。巨大な蛇はくねりながら江戸湊の海原までつづき、深い夜陰のなかに呑まれていく。

佃島の近くまで来ると、梅吉は舟を岸際の浅瀬に寄せ、

「この辺りにとめやすぜ」

と言って、水面から出ている杭に縄をかけた。

そこは流れがゆるやかで、船縁を打つ水音もかすかである。佃島は近くに人家がないとみえ、深い夜陰につつまれていた。

「ここなら、泣こうが喚こうが、だれにも聞こえないな」

安兵衛は腰を上げると、船縁をつたうようにして五六造に近寄った。

笑月斎と玄次も、安兵衛のそばに来て五六造に目をやった。五六造はまだ脇腹が痛

むのか、苦しげに顔をゆがめている。

七

「おまえの名は？」

安兵衛が訊いた。

「……五六造でさァ」

男が小声で答えた。名を隠す気はないらしい。もっとも、笑月斎を襲ったときに顔を見られているので、源次郎たちの仲間であることは隠しようがないのだろう。

「五六造、源次郎の仲間だな」

安兵衛が念を押した。

「そうで」

五六造は、首をすくめるようにうなずいた。

「笹川に押し入って、お鶴を駕籠で連れ去ったな」

安兵衛が、五六造を見すえて訊いた。

「あっしには、何のことか分からねえ」

五六造が、安兵衛から目をそらせてうそぶいた。

「何のことか、分からないだと」

安兵衛が声を大きくして言った。

「へい、あっしには、まったく覚えがねえんで」

ふてぶてしい物言いである。安兵衛、笑月斎、玄次の三人とは、笹川で顔を合わせなかったので、白をきれると踏んでいるようだ。

「ならば、別のことを訊こう。……お鶴は、いまどこにいるのだ」

安兵衛が語気を強くして訊いた。

「知らねえ。あっしは、お鶴なんて女は、知らねえんで」

五六造が、そっぽをむいて言った。

この様子を見た笑月斎が、

「長岡、おれにやらせてくれんか」

と、言い出した。笑月斎の顔が、いつになくけわしかった。双眸が青白く底びかりしている。

「やってみてくれ」

安兵衛は、身を引いた。

「五六造、お鶴さんをどこに連れていった」

笑月斎が、五六造を見すえて訊いた。

「知らねえよ」

「話す気はないか」

「知らねえものは、話せねえ」

五六造が顎を突き出して言った。

「では、話せるようにしてやろう」

笑月斎は腰に帯びていた小刀を抜くと、いきなり切っ先を五六造の右頰にあてて、斬り裂いた。

ヒッ、と五六造が喉のつまったような悲鳴を上げ、凍りついたように身を硬くした。顔が恐怖にひき攣っている。

斜(はす)に裂かれた傷から血がふつふつと噴き出し、頰をつたって赤い簾(すだれ)のように流れ落ちた。

「話す気になったか」

笑月斎が低い声で訊いた。笑月斎の顔が豹変(ひょうへん)していた。双眸が狂気を帯(お)びたような異様なひかりを宿している。

笑月斎はお鶴のことになると、ふだんと変わるようだ。胸の内に、お鶴に対する特別な思いがあるらしい。それは男女の情愛ではなく肉親に対する思いで、若くして亡くなった妹とお鶴が重なっているのだろう。

「……し、知らねえ」

五六造が声を震わせて言った。右頬から顎にかけて、赤い布を張り付けたように染まっている。

「まだ、話す気になれんか」

笑月斎は、小刀の切っ先を右耳に当てて引いた。

切っ先が耳に食い込み、血が迸(ほとばし)るように流れ出た。

「……！」

五六造は、瘧慄(おこりぶる)いのように激しく身を顫わせた。

「耳の次は鼻を削(そ)ぎ、目の玉を抉(えぐ)る。体中切り刻んで、大川に突き落としてやる」

「……！」

五六造の顔から血の気が引き、ひき攣ったようにゆがんだ。

「おまえがしゃべらなければ、別の仲間をつかまえて話を聞くだけだ」

そう言って、笑月斎は小刀の先を、五六造の鼻にあてた。

「しゃ、しゃべる！」

五六造が、声をつまらせて言った。

「初めからそう言えば、手荒なことはしなかったのに」

笑月斎は小刀を下ろし、

「お鶴さんは、どこにいる」

と、あらためて訊いた。

「み、三崎屋だ……」

「三崎屋のどこだ」

「店の裏の女たちのいる部屋にいると、聞いてやすが……」

五六造によると、三崎屋の裏手の離れには座敷女中の寝泊まりする部屋があり、そこにお鶴もいるらしいという。離れといっても長屋のような長い棟になっていて、客を入れる部屋がいくつもあるそうだ。

「その女中たちは客に酌をするだけでなく、肌も売るのではないのか」

笑月斎が訊いた。

「客と女たちの間のことは、あっしには分からねえ」

五六造の口許に卑猥な笑いが浮いたが、すぐに消えた。客と女の淫らな光景を思い浮かべたが、顔の痛みでそれどころではなかったらしい。

ただ、頰や耳の傷が、命にかかわるようなことはなさそうだ。それに、出血もだいぶすくなくなってきている。

笑月斎は、それ以上女中たちのことを訊かず、

「相模と宮本を知っているな」

と言って、矛先を変えた。

「へい」

「ふたりの塒は、どこだ」

「宮本の旦那の塒は、三崎屋の近くでさァ」

宮本は、米沢町にある借家に情婦といっしょに住んでいるという。米沢町は薬研堀の近くである。塒が近いこともあって、三崎屋によく顔を出し、泊まることもめずらしくないという。

「相模は？」

「相模の旦那のことは知らねえ」

「三崎屋には、いないのだな」

「いねえ。ときどき、店に顔を出すだけだ」

それでも、相模が宮本に代わって三崎屋に泊まることもあるそうだ。

「うむ……」

笑月斎が口をとじたとき、脇にいた安兵衛が、

「相模の居所を知っている者がいるはずだな」

と、五六造に訊いた。

「源次郎兄いや、大旦那なら知ってやすぜ」

大旦那というのは、三崎屋の先代で隠居している茂兵衛だという。

「茂兵衛とあるじの紀一郎は、どこにいるのだ」

「ふたりとも、裏の離れでさァ」

五六造によると、裏の離れの半分ほどの部屋を使って、家族や女中たちが暮らしているという。

「源次郎もそこか」

「へい」

「そうか」

どうやら、三崎屋の裏の離れが源次郎たちの牙城になっているようである。

それから、安兵衛と笑月斎は、源次郎の他の仲間のことも訊いてみた。五六造によ

ると、源次郎や茂兵衛の手先が、五、六人いて、裏の離れにはいつも三、四人寝泊まりしているそうだ。笹川を源次郎たちといっしょに襲った男たちも、そこにいるという。

安兵衛は五六造から話を聞き終えると、

「梅吉、舟を出してくれ」

と、声をかけた。

「承知しやした」

梅吉は、杭に縛ってある縄を解いてから艫に立った。

「あっしは、どうなるんで……」

五六造が、上目遣いに安兵衛を見て訊いた。

「八丁堀に連れてってやるよ。なに、すぐ近くだ」

安兵衛が言った。

「八丁堀……」

五六造の顔がひき攣ったようにゆがんだ。

第五章　救出

一

子ノ刻（午前零時）過ぎである。風のない静かな月夜だった。

安兵衛、笑月斎、玄次の三人は、足音を忍ばせて薬研堀沿いの道を歩いていた。夜の遅い料理屋や料理茶屋も、いまは深い夜陰につつまれている。

三人とも、闇に溶ける黒っぽい装束に身をつつんでいた。黒布で頬っかむりして顔も隠している。盗人のようである。

「三崎屋も、静かだな」

笑月斎が声をひそめて言った。

三人は三崎屋の前まで来ていた。店は夜の帳につつまれ、ひっそりと静まっている。

「板塀のくぐりはあくかな」

安兵衛が玄次に訊いた。

「いつでも、出入りできるようになってるようですぜ」

玄次によると、夜でも遊び人ふうの男が出入りしているので、閂や鍵で戸締まりはしてないという。

安兵衛たち三人は、三崎屋の脇の板塀に身を寄せた。

「あけやすぜ」

玄次が小声で言って、くぐり戸を引いた。

戸はすぐにあいた。なかは深い闇につつまれていた。それでも、頭上に月が出ているので、樹木や家屋の輪郭は識別できる。

「入るぞ」

安兵衛は、音をたてないようにくぐり戸からなかに入った。

笑月斎と玄次が、後につづいた。板塀の内側は松や紅葉などの植木があるせいか、さらに闇が濃かった。

安兵衛たち三人は板戸のなかに入ると、闇のなかに屈んで周囲に目をやった。

「灯が洩れている」

笑月斎が声を殺して言った。

三崎屋の裏手、離れの一階の奥の座敷に灯の色があった。一部屋ではなく、いくつかに灯が点っているようだ。

表の店には灯の色はなく、夜陰のなかに黒い建物の輪郭だけが見えた。

離れには、まだ客たちがいるのであろうか――。障子に映じたぼんやりした灯が、淫靡な光景を思い描かせた。

「近付いてみるか」

安兵衛たちは、松や紅葉の幹の間を縫うようにして裏手の離れに近付いた。

軒下近くまで行くと、灯の点っている部屋から男女のひそやかな声や衣擦れの音などが聞こえてきた。

「客が女と楽しんでいるようだ」

笑月斎が声をひそめて言った。

「そうらしいな」

安兵衛は脳裏に卑猥な光景を思い浮かべたが、すぐに掻き消した。いまは、そんなことを想像している暇はない。

「お鶴さんのいる部屋はどこかな」

笑月斎が言った。

三人はお鶴が監禁されている部屋を確かめ、できればお鶴を助け出したかったのだ。灯が点っているのは、二階の右側の三部屋と一階の二部屋である。左側の部屋は闇にとざされていて、何部屋あるかはっきりしない。

「まわってみやすか」

玄次が小声で訊いた。

「そうしよう」

安兵衛たちは、別棟になっている離れのまわりを足音をたてないように歩いてみた。離れは表の店と短い渡り廊下でつながっていた。表の店に入った客が、そのまま離れにも来られるようになっているようだ。

離れの入り口に格子戸があったが、ひらいたままになっていた。表の店からいつでも出入りできるようだ。

離れの棟は長屋のように長かった。棟の中央に廊下があり、左右に部屋がつづいているのかもしれない。

安兵衛たちは、侵入したくぐり戸近くにもどった。お鶴の監禁場所も、源次郎たちのいる部屋も分からなかった。

「踏み込むか」

笑月斎が、顔をけわしくして言った。

「無理だ」

このまま踏み込むと、お鶴の居所を探しているうちに店の客や相手をしている女たちが騒ぎ出し、お鶴を人質にとられる恐れがある。そうなったら、安兵衛たちは手も足もでない。それどころか、返り討ちに遭うだろう。

「何とか、お鶴さんを助けよう」

なおも、笑月斎が言った。

「このまま踏み込むと、お鶴もおれたちも殺されるぞ」

「うむ……」

笑月斎は顔をしかめた。

「出直そう。それに、三人では無理だ。……相手の人数が多い。踏み込むにしても、十人はいないとな」

安兵衛は、一階と二階にすくなくとも五人以上で踏み込み、逸早(いちはや)くお鶴の居場所をつきとめなければ、助けられないとみた。

「十人だと」

笑月斎が驚いたような顔をした。

「ああ、十人はいないと返り討ちだ」

離れには、宮本もいるとみておいた方がいい。そうなると、十人でも足りないかもしれない。

「十人も、すぐには集められないぞ」

「倉持どのの手を借りよう」

「捕方を使うのか」

「そうだ。源次郎たちはお鶴を攫って、八寿屋を乗っ取ろうとしているのだ。これだけでも、重罪だろう」

安兵衛がそう言うと、

「あっしが、倉持の旦那に話しやしょうか」

玄次が低い声で言った。

「頼む」

「町方がいっしょなら、心強いな」

笑月斎が納得したようにうなずいた。

二

「玄次から、あらまし話は聞いてるぜ」

倉持が言った。八丁堀同心らしい伝法な物言いである。倉持は三十がらみ、顔が大きく眉の濃い、いかつい顔の主である。

笹川の奥の座敷だった。安兵衛、倉持、玄次の三人がいた。三人の膝先にはお房が用意した酒肴の膳が並べてあった。三人は、酒を飲みながら話していたのである。

安兵衛たちが、三崎屋の裏手に侵入した二日後だった。昨日、玄次が倉持に連絡し、今日になって笹川に姿を見せたのである。

「八寿屋の騒ぎは？」

安兵衛が訊いた。

「それも、玄次から聞いている」

「あるじの吉兵衛に、一人娘のお鶴を匿うように頼まれて笹川で預かっていたのだが、源次郎たちに攫われてしまったのだ」

「長岡さんらしくねえな」

そう言って、倉持は盃をかたむけた。

「何とか、お鶴を助け出したいのだ。このままでは、お鶴も八寿屋も源次郎たちの食い物になってしまう」

「そのことも、知ってるぜ。……五六造から聞いてるからな」

「そうか」

安兵衛たちは、五六造から話を聞いた後、玄次をとおして倉持に五六造の身柄を引き渡していた。倉持は、五六造を訊問したらしい。

「手を貸してもらえるか」

安兵衛が、倉持の盃に銚子の酒をつぎながら訊いた。

「手を貸すもなにも、この件は町方の仕事だぜ」

倉持が語気を強くして言ったが、口許には苦笑いが浮いていた。これまでの経緯から、安兵衛らしいやり方と思ったのかもしれない。

「そう言ってもらえると、ありがたい」

「だがな、三崎屋に捕方をむけるときは、おれに仕切らせてもらうぜ。……そうでないと、町方の顔がたたないし、捕らえた後もやりづらいからな」

「むろんだ。倉持どのにまかせる」

安兵衛は盃に手を伸ばし、ゆっくりとかたむけた。

玄次は黙って、安兵衛と倉持のやり取りに耳をかたむけている。

「長岡さんたちは、お鶴を助ければ、それでいいんだろう」

倉持が、銚子を手にして安兵衛に酒をついでやった。

「そうだ」

安兵衛は、すぐに盃の酒を飲み干した。

「ならば、お鶴のことは長岡さんたちにまかせよう」

倉持にすれば、源次郎たちの捕縛(ほばく)に総力をあげたいのだろう。

「分かった。おれたちの手で、お鶴を助けだす」

安兵衛と笑月斎は、お鶴の救出にあたるつもりでいた。お鶴の命を奪われるようなことにでもなれば、源次郎たちを捕らえても何にもならない。

「もうひとつ、頼みがある」

安兵衛が言った。

「何だ?」

「三崎屋には、宮本や相模がいるかもしれん。いたら、おれにやらせてくれんか」

ふたりとも、剣の遣い手だった。安兵衛は、己の剣でふたりと勝負したい気持ちがあったのだ。

「そうしてもらえれば、有り難い」

倉持は、捕方が宮本や相模を捕らえようとすれば、何人もの犠牲者が出ることを知っているのだ。

「ところで、茂兵衛や紀一郎はどうする？」

安兵衛が訊いた。茂兵衛と紀一郎も、三崎屋にいる。ふたりとも、源次郎に荷担しているとみていいのだが、それらしい証（あかし）はなかった。

「茂兵衛と紀一郎も、捕らえるつもりだ」

倉持によると、茂兵衛は深川にいるときから目をつけていたそうだ。

三崎屋は、表向き茂兵衛が居抜きで買い取ったことになっているが、脅し取ったとみているという。

茂兵衛は深川のころからやくざの親分のようなところがあり、料理屋のあるじの裏では、脅しや強請などもしていた節があるそうだ。

宮本や相模は、茂兵衛の用心棒のような存在で、店に出入りしている遊び人たちは茂兵衛の子分とみていいという。

「紀一郎は」

安兵衛が訊いた。

「紀一郎も、茂兵衛や源次郎と同じ穴の貉だ。締め上げれば、何か出てくる」

倉持が、静かだが重いひびきのある声で言った。

「それで、いつ踏み込む」

「早い方がいいが、客がいないときを狙いたい」

「朝のうちだな」

倉持が言ったとき、黙って聞いていた玄次が、

「朝の早いうちから、薬研堀沿いの道は人通りがありやすぜ」

と、口をはさんだ。玄次は夜通し三崎屋に張り込んだことがあるので、付近の様子を知っているようだ。

「それなら、明後日の未明だな」

倉持は明日中に捕方を手配し、夜明け前に三崎屋の近くに集めて踏み込むという。

「おれたちも、夜明け前に行く」

安兵衛は、笑月斎も連れていくつもりだった。

「玄次、明日の夜から張り込んでくれないか」

倉持が玄次に頼んだ。夜通し張り込むのは大変なので、倉持も物言いがやわらかく

なったようだ。

「ようがす」

玄次がうなずいた。

それから、安兵衛たちは三崎屋に踏み込む手筈を相談してから腰を上げた。安兵衛は笹川の戸口で倉持を見送った後、玄次とふたりで三間町にむかった。長屋にいる笑月斎に明後日のことを話しておこうと思ったのである。

安兵衛から話を聞いた笑月斎は、

「そうか、倉持どのが捕方をさしむけてくれるか」

と言って、安堵の色を浮かべた。

「それで、おぬしはどうする」

「むろん、おれも行く」

笑月斎は、顔をひきしめて言った。

三

「旦那、やけに静かですね」

又八が提灯で足許を照らしながら言った。

安兵衛、笑月斎、又八の三人は、奥州街道を南にむかって歩いていた。これから、薬研堀にある三崎屋に行くつもりだった。

安兵衛が又八に倉持たちと三崎屋に踏み込むことを話すと、「あっしも、行きやす」と言って、ついてきたのだ。

寅ノ上刻（午前三時過ぎ）ごろだった。星空だったが雲が流れていて、ときおり月を覆い、闇が深くなるので提灯を用意したのだ。

奥州街道に人影はなく、夜の静寂につつまれていた。街道沿いの店から洩れてくる灯もなく、ひっそりと寝静まっている。人声も物音も聞こえなかった。安兵衛たちの足音だけが、ひびいている。

安兵衛たちは神田川の手前で右手の路地に入り、柳橋を渡って両国広小路に出た。大川沿いの道をいっとき歩くと、薬研堀にかかる元柳橋に出た。

橋のたもとに、大勢の人影があった。倉持が率いる捕方たちである。倉持の他に、江森恭四郎という若い同心がいた。倉持と同じ北町奉行所の定廻り同心である。倉持が、大捕物になるとみて連れてきたようだ。

捕方は三十人ほどいた。提灯や龕灯を手にしている者が、辺りを照らしていた。龕灯は、銅やブリキなどで釣鐘形の外枠を作り、なかに蠟燭を立てられるようにしてある。現代の懐中電灯のように一方だけを照らすことができる。

捕方のなかに、刺股や突棒などの長柄の捕具、それに掛矢や短い梯子を手にしている者がいた。掛矢や短い梯子は、建物に侵入のおりに使うらしい。

「来たか」

倉持が安兵衛たちに声をかけた。

倉持と江森はたっつけ袴に草鞋履きで、脇差を帯びていた。捕方たちのなかにも、腰切半纏に股引姿の捕物装束の者がいた。ただ、手先の岡っ引きや下っ引きたちは、小袖を裾高に尻っ端折りし、股引に草鞋履きである。町を歩く恰好で、駆け付けた者もすくなくないようだ。

「どうだ、三崎屋の様子は」

安兵衛が倉持に訊いた。

「変わりないようだが、いま、手先が玄次を呼びにいっている」

倉持たちは、この場で玄次を待っていたようだ。

安兵衛たちがそんなやり取りをしているところに、岡っ引きらしい男が玄次を連れてもどってきた。

玄次の顔に疲労の色があった。昨夜から寝ずに三崎屋を見張っていたのだろう。

「どうだ、三崎屋の様子は」

倉持が訊いた。

「変わりありません」

玄次によると、客のほとんどは帰ったが、裏手の離れには流連らしい客が何人か残っているという。

「源次郎や茂兵衛は？」

「裏手の離れにいるはずでさァ」

玄次が、手先も何人かいるのではないかと言い添えた。

そのとき、玄次と倉持のやり取りを聞いていた安兵衛が、

「宮本はいるのか」

と、訊いた。宮本のことが、気になっていたのである。

「宮本らしい牢人は、昨夜出ていきやしたぜ」

玄次によると、昨夜四ツ（午後十時）過ぎに、三崎屋の脇のくぐり戸から出ていったきり、もどらないという。

「三崎屋には、宮本も相模もいないのだな」

安兵衛が念を押すように訊いた。

「それが、牢人者と入れ替わるように、二本差しが入ってきたんでさァ」

玄次によると、武士は羽織袴姿で、肩幅がひろくがっちりした体付きだったという。

「そやつ、くぐり戸から入ったのか」

「へい」

「まちがいない。相模だ。宮本に代わって、店にとどまったようだ」

五六造がそれらしいことを話していたが、用心のために宮本と相模のどちらかが、三崎屋に寝泊まりしているようである。

「笑月斎、おぬしは又八とふたりでお鶴を助け出してくれ。おれは、相模を討つ」

安兵衛が言った。

「承知した」

笑月斎が顔をひきしめた。

「そろそろ行くか」

倉持が東の空に目をやった。

まだ、夜明けには間がありそうだが、かすかに曙(あけぼの)色がひろがっていた。あと、半刻(一時間)もすれば、明るくなるだろう。

玄次が先導し、倉持と江森がつづき、さらに安兵衛や捕方たちが後についた。薬研堀沿いの通りは、人影もなくひっそりと寝静まっていた。掘割の汀に寄せるさざ波が石垣を打ち、チャプチャプと嬰児でも戯れているような音をたてている。

三崎屋は、夜陰につつまれていた。近付くと、二階建ての大きな店が眼前に黒く聳えたっているように見えた。

「こっちでさァ」

玄次が先にたって、店の脇にある板塀のくぐり戸のところにむかった。

玄次がくぐり戸をあけると、玄次、倉持、江森が踏み込み、安兵衛や捕方たちがつづいた。

裏手の離れも夜陰につつまれていた。さすがに、この時間になると、流連の者も床に入ったらしい。

倉持をはじめとする捕方の一隊は、表の店と離れをつなぐ渡り廊下の脇に集まった。その廊下から、離れに侵入する手筈になっていたのだ。

離れの入り口の格子戸は、あいたままになっていた。梯子や掛矢は、使わずに侵入できそうだ。

「提灯の火を消せ」

倉持が指示した。

次々に提灯や龕灯が消され、辺りが急に暗くなったように感じられたが、それでも渡り廊下や格子戸は識別できた。

「江森、二階を頼む。おれは一階だ」

倉持が声をひそめて言った。

「はい」

江森が緊張した面持ちでうなずいた。

すでに、ふたりの間で捕方を踏み込ませる手筈を相談してあったらしい。二手に分かれ、二階と一階から同時に踏み込むらしい。

「笑月斎、先に二階をまわってくれ」

安兵衛が言った。

安兵衛は、お鶴が監禁されている部屋は二階にあるとみていた。それというのも、一階は窓下を通ると、座敷が覗けるからである。

「承知している」

笑月斎は低い声で言った。双眸に、挑むような強いひかりが宿っている。

四

倉持が上空に目をやった。

東の空が曙色に、染まっていた。夜陰が薄れ、辺りが白んでいる。離れがくっきりとその姿をあらわしていた。辺りの木々も、幹や葉叢が識別できるようになっている。

「踏み込むぞ」

倉持が捕方たちに声をかけた。

倉持と江森につづいて、安兵衛や笑月斎が渡り廊下に上がった。捕方たちが次々と廊下に踏み込んできた。

離れのなかは暗かったが、東の空が明るくなってきたせいか、廊下や二階につづく階段には仄白い朝のひかりが差し込んでいた。

「笑月斎、先に行ってくれ」

安兵衛が言った。捕方が踏み込んで騒ぎが大きくなる前に、笑月斎に二階の座敷をあたってもらい、お鶴を助け出したかったのだ。

「又八、行くぞ」

笑月斎と又八が離れに踏み込み、右手にある階段を上がった。

ふたりの姿が階段の先に消えると、倉持が、

「踏み込め！」

と、声を上げた。

捕方たちは二手に分かれた。江森が十四、五人の捕方を連れて二階に上がり、残った倉持の一隊は一階の廊下に踏み込んだ。

安兵衛は倉持隊の前に出て、廊下を奥へ進んだ。相模が姿を見せたら相手になるつもりだった。

離れのなかが、急に騒がしくなった。捕方たちの床板を踏む音や障子を開け放つ音がひびき、キャッ、という女の叫び声が起こった。

安兵衛は抜き身を引っ提げたまま、捕方より先に奥にむかった。廊下の左右に部屋があり、あちこちから夜具を動かす音、男の怒声、女の悲鳴などが聞こえてきた。捕方の侵入に気付いて起きだしたらしい。

いくつかの部屋の障子をあけたが、相模はいなかった。

安兵衛はさらに先に進んだ。すると、障子の向こうで、夜具を撥ね除けるような音がし、男のくぐもった声が聞こえた。この部屋にも、だれかいるらしい。

安兵衛は障子をあけはなった。薄暗い座敷に、寝間着姿の男がいた。夜具から身を起こした男、畳を這っている男、はだけた寝間着の帯を締めなおしている男……。三、四人いる。

「長岡だ！」

帯を締めなおしている男が叫んだ。安兵衛を知っているらしい。

……ここは、子分たちの部屋だ。

安兵衛はすぐにその場を離れ、奥にむかった。子分たちは、倉持たちにまかせるつもりだった。

後続の倉持隊が、子分たちのいる座敷に踏み込んだ。

御用！

御用！

捕方たちの声が背後でひびいた。

荒々しい物音が起こり、男たちの怒声や叫び声がひびいた。

安兵衛は廊下を先に進んだ。どこかに、相模がいるはずである。

一方、笑月斎と又八は、お鶴を探していた。二階の廊下につづく座敷の障子をあけながら奥にむかっていく。

客用の部屋がつづいた。夜具が敷いてあり、屏風や派手な着物を掛けた衣桁などが目についた。部屋にいる客や売女は笑月斎たちの姿を見ると、悲鳴を上げたり慌てて床から這い出たりした。

笑月斎たちはそうした部屋にはかまわず、奥にむかった。後続の江森たちが部屋をあらためるはずである。

源次郎や子分たちの姿もなかった。二階の部屋にいるのだろう。

「旦那、お鶴さんは、いませんぜ」

又八が不安そうな顔をして言った。

「奥だ！」

お鶴は、どこかに監禁されているはずである。

笑月斎たちは、廊下沿いの部屋を探りながら奥へむかった。

客用の部屋につづいて、三崎屋の座敷女中たちの部屋があった。笑月斎と又八が座敷に踏み込むと、女たちが悲鳴を上げ、乱れた襦袢から肌をあらわにし、夜具の敷いてある座敷を逃げ惑った。

ただ、女はすくなかった。おそらく、客と同衾した部屋でそのまま眠っている者もいるのだろう。

笑月斎と又八は、廊下の突き当たりの部屋の前まで来た。その先に、部屋はない。部屋は薄闇につつまれ、ひっそりとしていた。この部屋でなければ、お鶴がいるのは一階ということになる。

……だれかいる！

部屋のなかに、ひとのいる気配がした。

笑月斎は障子をあけた。なかは薄暗かったが、座敷に敷いてある夜具、衣桁にかけてある着物などが識別できた。

女がいた。三人――。

ふたりは、座敷にいた。襦袢のまま身を起こし、夜具から這い出ようとしていた。襟元が大きくはだけ、胸があらわになっている。その白い肌が、薄闇のなかに浮き上がったように見えた。

もうひとりは、部屋の隅の柱のそばにうずくまっていた。小袖姿で、半纏のような物を体にかけている。

「お鶴さんか！」

笑月斎が声をかけた。

柱のそばにうずくまっていた女が、笑月斎の方に顔をむけた。色白の娘だった。

娘は目を瞠いて、笑月斎を見た。お鶴である。

「お鶴さん！」

笑月斎が、座敷に踏み込んだ。

畳の上を這って逃れようとしていた女が、ヒイッ、という喉を裂くような悲鳴を上げ、バタバタと部屋の隅に逃れた。もうひとりの女は立ち上がり、よろめくような足取りで廊下へ逃げようとした。

又八が逃げようとした女に立ち塞がったが、

「女には、かまうな！」

笑月斎が声をかけ、お鶴のそばに走り寄った。

「しょ、笑月斎さま……」

お鶴が笑月斎を見つめ、声をつまらせて言った。眉を寄せ、いまにも泣き出しそうな顔である。

笑月斎の目に、お鶴の顔がひどく憔悴しているように映った。若い娘にとっては、過酷な監禁だったようだ。

お鶴は後ろ手に縛られ、柱にくくりつけられていた。ふたりの女は、お鶴の世話と監視をするためにこの部屋で寝起きしていたのだろう。

「お鶴さん、助けに来たぞ」

すぐに、笑月斎はお鶴の肩にかけてあった半纏を取った。そして、後ろ手に縛ってあった扱き帯を解いてやった。

お鶴はすこし痩せたようだが、病気や怪我をしている様子はなかった。

「長岡や町方の者も、助けに来てるぞ」

笑月斎がやさしい声をかけた。

「ありがとうございます……」

お鶴の顔が、すこしやわらいだ。安心したのだろう。

「ともかく、ここから出よう」

笑月斎は、お鶴を立たせた。

お鶴は笑月斎と又八に助けられ、よろめくような足取りで廊下に出た。

離れのなかの捕物はつづいていた。男たちの怒号、悲鳴、捕方たちの叫び声、床を踏む音、家具の倒れるような音で騒然としている。

五

障子の向こうで、かすかに夜具を撥ね除けるような音がしたが、人声は聞こえなかった。

……ここにも、だれかいる。

安兵衛は、障子に手をかけた。

そのとき、部屋のなかで障子に近付いてくる足音がした。だれか、廊下に出ようとしているようだ。

安兵衛は後じさり、刀の柄を握った。

障子があいた。姿を見せたのは、寝間着姿の武士だった。相模である。左手に大刀を引っ提げていた。

相模は廊下に立っている安兵衛を見て、驚いたような顔をした。

「長岡か！」

相模は、すばやく刀の柄を握って身構えた。

「相模、決着をつけさせてもらうぞ」

安兵衛が言った。

「いいだろう」

相模は周囲に目をやり、

「ここは、狭いな」

と、低い声で言った。

たしかに、廊下は狭かった。横幅がなく、刀を横に払うと部屋の障子に切っ先が触れてしまう。

「表に出るか」

安兵衛はここでも闘いようはあると思ったが、相模がひろい場所での闘いを望むならそれでもよかった。

「長岡、こい！」

相模は、安兵衛に体をむけたまま後じさった。安兵衛に背をむけて、背後からの斬撃を浴びないようにしたようだ。

安兵衛は大きく間合をとって、相模につづいた。

相模は廊下の突き当たりまで行くと、右手におれた。そこは土間になっていて、格子戸がたててあった。

相模は格子戸をあけて離れの外に出た。

外は明るかった。東の空は曙色に染まっている。町筋には朝の早いぼてふりや職人などの姿が見られるころだが、離れのまわりに人影はなかった。

そこは離れの戸口になっていて、小砂利が敷いてあった。足場もよく、立ち合いにはいい場所である。

安兵衛は相模と三間半ほどの間合をとって対峙した。

「行くぞ!」

安兵衛が刀を抜いた。

すぐに相模も抜刀し、青眼に構えて切っ先を安兵衛の目線につけた。寝間着の裾を後ろ帯に挟んでいるせいで、両足が腿のあたりまであらわになっている。

無様な恰好だが、構えは腰が据わり、どっしりとしていた。隙がなく、全身に気勢がみなぎっている。

安兵衛は相青眼に構えると、切っ先を小刻みに上下させ、両膝をすこし折って踵を浮かせた。安兵衛が工夫したとんぼ剣法の構えである。

相模は表情を変えなかった。すでに安兵衛の特異な構えと立ち合っていたので、驚きはなかったようだ。

　ふたりはいっとき相青眼に構えたまま動きをとめていたが、先をとったのは、安兵衛だった。切っ先を上下させるだけでなく、体も前後に動かしながら間合をつめ始めた。

　安兵衛が体も前後に動かしたのは一瞬の起こりを迅くするためと、間合を読ませないためである。

　と、相模も動いた。趾を這うように動かし、ジリジリと間合を狭めてくる。相模の足許で、ズッ、ズッと砂利を分ける音が聞こえた。

　ふたりの間合が狭まるにつれ、全身に気勢がみなぎり、斬撃の気配が高まってきた。

　ふいに、ふたりの寄り身がとまった。一足一刀の斬撃の間境の一歩手前である。

　安兵衛は小刻みに切っ先を動かし、体も前後させていた。一方、相模は切っ先も体も静止している。

　息詰まるような緊張と痺れるような剣気が、ふたりをつつんでいた。

　安兵衛の動と相模の静――。

　ふたりは、斬撃の一歩手前で対峙していた。

　数瞬が過ぎた。ふたりの全身に斬撃の気が高まってきた。いまにも、斬り込んでいきそうである。

潮合だった。

ピクッ、と安兵衛の切っ先が動いた。

刹那、相模の全身に斬撃の気がはしった。

タアッ！

裂帛（れっぱく）の気合と同時に、体が躍（おど）り、閃光（せんこう）がはしった。

青眼から袈裟へ——。稲妻のような斬撃である。

だが、安兵衛はこの斬撃を読んでいた。

トオッ！

短い気合を発し、右手に跳びざま籠手（こて）を狙って相模の手元に斬り込んだ。一瞬の太刀捌きである。

相模の切っ先は安兵衛の左の肩先をかすめて空を切り、安兵衛の切っ先は相模の右手の甲を浅くとらえた。

次の瞬間、ふたりは大きく後ろに跳んで間合をとった。そして、ふたたび相青眼に構え合った。

「おのれ！」

相模の顔がゆがんだ。

右手の甲から流れ出た血が、赤い筋を引いて流れ落ちている。

安兵衛にむけられた切っ先が揺れていた。命にかかわるような傷ではないが、右手を斬られたことで、相模は動揺しているようだ。

「相模、おめえの負けだぜ。手を斬られちゃァ、どうにもならねえ」

安兵衛は伝法な口調で、詰(なじ)るように言った。口許に嘲笑(ちょうしょう)が浮いている。

「なに！」

憤怒で相模の目がつり上がり、顔が赭黒(あかぐろ)く染まった。

安兵衛にむけられた相模の切っ先の震えが激しくなった。怒りで、両肩に力が入っているのだ。こうした感情の極度の高まりは、力みを生んで体を硬くし、読みや一瞬の反応を鈍くする。

「さァ、かかってこい」

安兵衛は、嘲笑うように切っ先を上下に振った。

これも、安兵衛の喧嘩剣法のひとつだった。敵の神経を逆撫(さかな)でし、激情を生じさせて体の俊敏(しゅんびん)な動きを奪うのである。

「た、たたっ斬ってくれる！」

叫びざま、相模は八相に構えた。

すかさず、安兵衛は刀身をすこし上げて、剣尖を相模の左拳につけた。八相に対応した構えである。

相模は摺り足で、間合をつめてきた。威圧するように高い八相に構えているが、憤怒で気が昂り、刀身が小刻みに震えていた。腰も、浮いている。安兵衛の術中に嵌まったのだ。安兵衛は動かなかった。気を静めて、相模の斬撃の起こりと間合を読んでいる。

相模が斬撃の間境に迫ってきた。全身に、斬撃の気配がみなぎっている。

と、相模が寄り身をとめた。斬撃の間境の一歩手前である。

イヤアッ！

突如、相模が裂帛の気合を発し、斬撃の気配を見せた。安兵衛の構えをくずして、斬り込もうとしたのだ。

安兵衛は、相模が気合を発した一瞬をとらえた。

スッ、と切っ先を突き出した。斬り込むとみせたのである。

この動きに、相模が反応した。

タアッ！

相模が鋭い気合を発しざま、斬り込んできた。

踏み込みざま八相から袈裟へ――。たたきつけるような斬撃である。

だが、この太刀筋を安兵衛は読んでいた。

刀身を下ろしざま、半歩身を引いた。

相模の切っ先は、安兵衛の肩先をかすめて空を切った。次の瞬間、安兵衛が右手に踏み込みざま刀身を横に払った。神速の一撃である。

切っ先が、相模の首筋をとらえた。

ビュッ、と血が飛んだ。

相模は血飛沫を上げながらよろめいたが、足を踏ん張って体の動きをとめると、安兵衛の方へ体をむけた。そして、ふたたび八相に構えようとしたとき、体が大きく揺れ、腰からくずれるように転倒した。

相模は地面に伏臥した。首筋から噴出した血が小砂利に飛び散って、周囲を赤く染めていく。

相模は四肢を動かしていたが、いっときすると体から力が抜けて動かなくなった。絶命したらしい。

安兵衛は相模のそばに身を寄せ、

……終わったな。

と、つぶやいた。安兵衛は相模の脇に屈み、血刀を相模の寝間着の袂（たもと）で拭いてから納刀した。

安兵衛の気の昂りが、潮の引くように消えていく。

六

安兵衛は土間から離れに入ると、小走りに廊下を引き返した。お鶴が、どうなったか気になっていたのである。

一階の部屋や廊下では、まだ捕物がつづいていた。倉持に率いられた捕方たちが、源次郎と茂兵衛、それに子分たちを捕らえようとしている。二階へ行った江森隊もくわわっているらしく、捕方の人数が多かった。

安兵衛は捕物には手を出さず、捕方たちの間をすり抜けるようにして渡り廊下の方へむかった。

二階に通ずる階段の下に、笑月斎と又八の姿があった。笑月斎の脇に、女がひとり立っていた。

……お鶴だ！

どうやら、笑月斎たちがお鶴を助け出したようだ。

「長岡、お鶴さんを助け出したぞ」

笑月斎が、安兵衛の顔を見るなり声を上げた。

「よかったな。……それで、怪我は」

安兵衛は、お鶴の体に目をやった。衰弱（すいじゃく）しているようだが、体に異常はないようだ。

「怪我はない。無事だよ」

笑月斎が言うと、お鶴が、

「また、長岡さまにお助けいただきました」

と小声で言って、頭を下げた。

笑月斎のそばに立っていた又八が、

「お鶴さんは、二階の女たちの部屋にとじこめられていやした」

と、言い添えた。

「お鶴、もう安心していいぞ。源次郎たちは、ひとり残らず町方が捕らえるからな」

「あ、ありがとうございます」

お鶴が、声を震わせて言った。

「長岡、相模はどうした」

笑月斎が訊いた。

「おれが斃した」

安兵衛は、笑月斎と又八に目をやり、「様子を見てくる」と言い置き、離れの一階へとってかえした。まだ、捕物はつづいていたのである。

廊下へ踏み込むと、廊下に捕方たちが集まっている部屋があった。そこから、捕方たちの声や男の怒号が聞こえた。

安兵衛は走り寄った。障子はあけはなたれ、廊下と部屋のなかに、七、八人の捕方たちがいた。倉持の姿もある。

部屋の隅に男がひとり立っていた。老人である。老人は右手に長脇差を持って振り上げていた。

元結が切れ、白髪がざんばら髪になっていた。目をつり上げ、口をひらいて黄ばんだ歯を剝き出している。寝間着がはだけ、ひらいた襟元から肋骨の浮き出た胸があらわになっていた。

「こ、殺してやる！」

老人がしゃがれ声で叫んだ。

安兵衛は倉持のそばに行き、

「何者だ」

と、訊いた。

「茂兵衛だ。……縄を受けようとせん」

倉持が顔をしかめて言った。

「源次郎は？」

部屋のなかに、源次郎の姿はなかった。

「捕らえた。紀一郎もな。年寄りのくせして、こいつはなかなか手強い」

「手を貸そうか」

安兵衛は、峰打ちにすれば縄をかけられるだろうと思った。

「いや、いい。おれたちでやる」

倉持は、座敷にいる捕方たちに目をやり、

「長柄で突け！」

と、声をかけた。

すると、突棒と刺股を持った捕方が、茂兵衛の左右に立った。そして、左手の捕方が茂兵衛の脇腹を狙って突棒を突き出した。

茂兵衛は後ろに下がりながら、長脇差を必死にふるって突棒をはじいた。そのとき、右手から、もうひとりの捕方が踏み込みざま刺股を突き込んだ。

刺股が、茂兵衛の腹部をとらえた。

グワッ！　と呻き声を上げ、茂兵衛は後ろによろめき、背中が隣部屋との間にたてある襖に突き当たった。

茂兵衛は背を屏風にあずけて何とか体を支えたが、刺股に体を押さえ付けられて身動きできなくなった。

「神妙にしろ！」

叫びざま、捕方のひとりが踏み込み、十手で茂兵衛の手にした長脇差をたたき落とした。これを見た別の捕方が茂兵衛に飛び付き、足をからめて畳に引き倒した。

「縄をかけろ！」

倉持が声を上げた。

さらに別の捕方が茂兵衛を押さえつけ、畳に引き倒した捕方が茂兵衛の両手を後ろにとって早縄をかけた。

「隣の部屋に連れていけ」

倉持が捕方たちに指図した。

隣は子分たちが寝起きしている部屋らしかった。そこに、捕らえられた男たちが集められていた。

源次郎と子分らしい男が四人、それに、三十がらみの源次郎と顔の似た男がいた。いずれも、後ろ手に早縄をかけられている。なかに、捕方に抵抗したらしい男もいて、ざんばら髪で顔に血がついていた。

「あの男が、紀一郎か」

安兵衛は三十がらみの男を指差して訊いた。

「そうだ」

「これで、茂兵衛一家はすべて捕らえたわけだな」

「ところで、お鶴はどうした」

倉持が思い出したように訊いた。

「笑月斎が助け出したよ」

「それは、よかった」

倉持の顔がやわらいだ。

「引っ立てろ！」

倉持が、その場に集まっている捕方たちに視線をまわして声をかけた。

その日、安兵衛、笑月斎、又八の三人は、お鶴を連れていったん笹川にもどった。玄次は、あっしは遠慮しやす、と言って、途中で別れた。玄次は、ここから先は安兵衛たちにまかせればいいと思ったようだ。それに、昨夜から張り込みをつづけたこともあって、休みたかったらしい。

お房は、すぐに八寿屋に梅吉を走らせ、お鶴を二階の部屋に連れていって着替えさせた。お鶴は笹川にいたときのままで、着物が汚れていたのだ。

着替えを終え、お房とお春が用意した湯漬けをお鶴や安兵衛たちが食べているところに、吉兵衛とおしげが駆け付けた。

吉兵衛とおしげは、お鶴と手を取り合って無事を喜び合ってから、安兵衛と笑月斎に何度も頭を下げて礼を言った。

すると、笑月斎がお鶴に目をむけ、

「源次郎たちはみな、お縄になった。もう、何も心配することはないぞ」

と、やさしい声で言った。

「笑月斎さま、この御恩は生涯忘れません」

お鶴が、笑月斎を見つめながら涙ぐんだ声で言った。

安兵衛は笑月斎の脇に座して、お鶴に目をやりながら、
……まだ、おれには懸念が残っている。
と、胸の内でつぶやいた。
宮本弥之助の始末がついていなかったのである。

第六章　月下の死闘

一

安兵衛が寝間着を着替えていると、階段を上がってくる足音がした。重い足音は、お房のものである。

足音は障子の向こうでとまり、

「長岡の旦那、起きてますか」

お房の声が聞こえた。

「もう、着替えも済んでるよ」

そう言いながら、安兵衛は急いで袴の紐を結んだ。

すでに、五ツ（午前八時）を過ぎている。いまごろまで、寝ていたと思われたくなかったのである。

「めずらしいわね。何か、あったのかしら」

「何を言っている。もう、陽は高いではないか。……お房、朝めしか」

安兵衛は、朝めしの支度ができたので、呼びに来たと思ったのだ。

「笑月斎の旦那が、来てますよ」

お房の声には、投げやりなひびきがあった。

「何の用だ」

「知りませんよ。ご自分で訊いてみたら」

わたしは、先に行きますよ、とお房は言い残し、障子の前から離れた。

安兵衛はすぐに廊下に出て、お房につづいて階段を下りた。

土間に、笑月斎が立っていた。いつ変えたのか、笑月斎は以前のように総髪を垂らし、袖無しを羽織っていた。いつもの八卦見の恰好である。

「笑月斎、八卦見にもどったのか」

安兵衛が訊いた。

お房は、茶を淹れましょう、と言い残して板場に行った。

「ああ、八卦見がおれの商売だからな」

「ところで、今日は何の用だ」

まさか、朝から飲みにきたわけではあるまい。

「倉持どのが、笹川に寄るらしいのでな。おれも、話を聞かせてもらおうと思って出かけてきたのだ」

笑月斎によると、昨日、巡視途中の倉持と顔を合わせたおり、「明日、巡視の途中で笹川に寄るつもりだ。よかったら、おぬしも顔を出してくれ」と言われたそうである。

「何の用かな」

「捕らえた源次郎たちのことで、話しておくことがあるそうだよ」

安兵衛や倉持たちが三崎屋に踏み込んで、十日ほど過ぎていた。吟味が進んだので、話しておく気になったのかもしれない。

「そうか。……どうだ、一杯やりながら待つか」

安兵衛は腹が減っていたので、朝めしも食いたかったが、笑月斎とふたりで一杯やるのも悪くないと思ったのである。

「朝からか」

笑月斎は戸惑うような顔をした。

「どうだ、倉持どのが来てからにしたら。来る前に酔っていたのでは、まともに話もできんぞ」

「朝酒も、うまいぞ」

「いまは、茶でがまんするか」

安兵衛は仕方なく板間の上がり框に腰を下ろした。

お房が淹れてくれた茶を飲みながらしばらく待つと、倉持が顔を見せた。

倉持は供についてきた小者と岡っ引きに、

「おめえたちは、ここで帰っていいぜ」

と言って、戸口で帰した。

安兵衛は、お房に話して倉持を奥の座敷に案内した。戸口近くでは、ゆっくり話ができなかったこともあるが、一杯やりたかったのである。

安兵衛、笑月斎、倉持の三人が座敷に腰を落ち着けると、お房とお春が酒と肴を運んできた。

「まだ、肴は冷奴と漬物ぐらいしかないんですよ」

お房はそう言って、膳を倉持の前に置いた。

「す、済まぬ」

倉持は声をつまらせて言ったが、お房が座敷から出ていくとすぐ、

「おい、朝から酒か」

と、困惑したような顔をして言った。

「巡視で、喉が渇いたのではないかと思ってな」

安兵衛は、銚子を取って倉持にむけた。

「おぬしが、飲みたいだけだろう」

倉持は呆れたような顔をしながら盃を差し出した。

三人でいっとき盃をかたむけた後、

「それで、何か話があるとか?」

笑月斎が倉持に水をむけた。

「源次郎たちの吟味の様子を、おぬしたちの耳に入れておこうかと思ってな。それに、ふたりに知らせておきたいこともあるのだ」

倉持が声をあらためて言った。

「吟味で、何か知れたのか?」

安兵衛が訊いた。

「まず、源次郎だが、やはり八寿屋を自分の店にするには、一人娘のお鶴といっしょ

になり、婿として店を引き継ぐのが手っ取り早いと思ったようだ。それに、金もかからないからな」

「そんなことだと思っていたよ」

「それで、子分たちを使って八寿屋を脅したり、お鶴を攫ったりしたわけだな」

倉持が言った。

「源次郎はやくざの親分には見えないが、三崎屋に出入りしていた相模や宮本は、どこで手懐けたのだ」

安兵衛は、辰三郎や五六造などの遊び人ならともかく、腕の立つ相模や宮本まで源次郎の指図で動いていたことが腑に落ちなかったのだ。

「辰三郎や五六造たちは別だが、相模と宮本は源次郎の子分というより、茂兵衛の客分らしい」

「やはりそうか」

「茂兵衛だがな、あの男は賭場をひらいたり強請にくわわったりはしないが、やくざの親分と変わりないようだ」

倉持によると、源次郎たちの吟味のかたわら手先たちを使ってあらためて深川を探らせたという。

その結果、茂兵衛は深川黒江町の酒屋の倅に育ったが、若いころから遊び人で深川界隈の料理屋や岡場所に入り浸り、賭場にも出入りしていたという。そのころから親分肌で、遊び仲間を子分のように使っていたそうだ。

それでも、強請や盗みなどお上の世話になるような悪事には荷担しなかった。茂兵衛は二十代半ばのころ、料理屋の座敷女中といっしょになり、深川で料理屋を始めたという。茂兵衛は料理屋を大きくするために、女を使った。座敷女中と称して客に酌をさせ、肌も売らせた。特に金持ちの客には上玉をあてがい、女郎屋でも味わえないような特別な接待をさせたという。

当初、相模と宮本も客として茂兵衛の料理屋に来ていたが、ならず者の客と揉め事がおこったとき、店にいた宮本が剣を遣って難なくならず者を追い払った。その後、相模との間でも同じようなことがあり、ふたりは客分のような扱いで店に出入りするようになったという。

「ところで、どんな接待をしたのだ」

安兵衛が、声をひそめて訊いた。目に卑猥な色がある。安兵衛も、こうした話は好きらしい。

「子細は知らないが、ひとりの客に女をふたりあてがったり、客の望むことをやらせたり……。長岡、そんなことを訊いて、どうするつもりだ」

倉持が薄笑いを浮かべて訊いた。

「い、いや、茂兵衛がどんな悪事を働いたか、知りたかったのだ」

安兵衛は顔を赤くして声をつまらせた。

「その料理屋に通うようになったのが、三崎屋のあるじだった清五郎だ。清五郎は、尻の毛まで抜かれて、三崎屋を手放す羽目になったわけだ」

「やはり、そうか」

安兵衛は顔をひきしめてうなずいた。

「親爺のやり方を見習ったのが、源次郎だな」

脇から、笑月斎が口をはさんだ。

「そのようだ。……八寿屋の吉兵衛は、堅物の上に家族思いだった。とても、三崎屋の女を使って清五郎のように誑し込むわけにはいかない。そこで、源次郎はお鶴に目をつけた。お鶴の婿になり、三崎屋を継げば、いやでも店は自分のものになるからな」

「それで、お鶴さんは辛い目に遭ったのか」

笑月斎が、顔に怒りの色を浮かべて言った。

「ところで、捕らえた源次郎や茂兵衛だがな、どんな処罰を受けるのだ」

安兵衛が訊いた。

「死罪は免(まぬか)れまいな。……お鶴を攫って監禁し、強引に店を乗っ取ろうとしたのだからな。強請やたかりより罪は重い。それに、八寿屋に押し入って店を壊してもいる」

「子分たちは？」

「いろいろだな」

倉持によると、死罪になる者もいるし、敲(たたき)や所払いで済む者もいるのではないかという。話が一段落したとき、安兵衛が、

「他にも、倉持どのから話があるのではないのか」

と、水をむけた。倉持が、源次郎たちの吟味の様子を話すためにわざわざ笹川に立ち寄ったとは思えない。

「まだ、一味のひとりが残っている」

倉持が低い声で言った。

「宮本か」

「そうだ」

「玄次が、探っているはずだ」

安兵衛は、玄次に宮本の塒をつきとめるよう話してあった。

すでに、玄次は米沢町にある宮本の借家をつきとめていた。ところが、その借家にはおみねという宮本の情婦がいるだけで、宮本の姿はなかった。宮本は、町方が三崎屋に踏み込んで、茂兵衛以下を捕縛したことを知って姿を消したらしい。

「それで、宮本の居所は知れたのか」

倉持が訊いた。どうやら、倉持は宮本のことが気になって、その後の様子を聞くために笹川に立ち寄ったらしい。

「まだだ。……いまでも、玄次が米沢町の借家に目をくばっているが、宮本はまだ姿を見せてないようだ」

玄次から何の知らせもなかった。

「江戸を出たかな」

「どうかな」

宮本はまだ江戸市中にいる、と安兵衛はみていた。江戸を出るなら、連れていくかどうかは別にして、おみねをそのまま借家に住まわせておかないだろう。

「倉持どの」

安兵衛が声をあらためて言った。

「宮本と出会ったら、勝負をすることになるぞ」

安兵衛は、いずれ宮本の遣う岩霞と決着をつけねばならないと思っていたのだ。

「仕方あるまい」

そう言って、倉持は銚子を取ると、安兵衛の盃に酒をついだ。

二

路地は淡い暮色に染まっていた。路地沿いの小店は表戸をしめ、通りかかる人影もなくなり、ひっそりとしている。

玄次は、店仕舞いした下駄屋の脇の暗がりに身をひそめていた。そこから、斜向かいにある仕舞屋(しもたや)の戸口に目をむけていたのである。

仕舞屋には、おみねが住んでいた。玄次は、宮本があらわれるのを待っていたのだ。玄次がこの場に来て仕舞屋を見張るようになって八日になる。まだ、宮本は姿をみせていなかった。もっとも、玄次は連日この場に来て見張ったわけではない。日を置いて来たこともあるし、小半刻(三十分)ほどいただけで、帰ったこともある。

今日も、玄次は来たばかりだった。宮本が来るとすれば、路地に人影のなくなった夕暮れ時だろうと見当をつけて来たのである。

……今日も、無駄骨かな。

玄次がそうつぶやいたときだった。

路地の先に人影が見えた。牢人体である。総髪で、腰に刀を帯びている。

……宮本だ！

玄次はすぐに分かった。

宮本はゆっくりした足取りで、仕舞屋に近付いてきた。そして、戸口に立つと、路地の左右に目をやってから引き戸をあけて家に入った。

玄次は下駄屋の脇から路地に出ると、足音を忍ばせて仕舞屋にちかづいた。宮本がおみねとどんな話をするか、聞いてみようと思ったのである。

玄次は戸口に身を寄せて聞き耳をたてたが、かすかに物音が聞こえただけで話し声は聞こえなかった。玄次は足音をたてないように、戸口から家の脇にまわり、戸袋のそばに身を寄せた。そこなら、家のなかの声が聞き取れそうである。

しばらく家のなかはひっそりしていたが、

……おまえさん、酒でも飲むかい。

と、女の蓮っ葉な声が聞こえた。おみねである。

……もらうか。

宮本の声が聞こえた。

すぐに、障子をあける音がし、廊下を通って奥にむかう足音が玄次の耳にとどいた。おみねは、酒の支度をするために台所にむかったらしい。

いっときすると、廊下を踏む足音がした。おみねがもどってきたようだ。

……おまえさん、今夜はゆっくりできるんだろう。

おみねが言った。

……ああ、久し振りで、ここに泊まるつもりだ。

宮本の声につづいて、かすかに瀬戸物の触れるような音がした。おみねが、宮本の猪口か湯飲みに酒をついでやったようだ。

玄次は、その場から離れた。宮本が泊まるらしいと分かり、それ以上ふたりのやり取りを盗聴する必要はなかったのだ。

玄次は路地を抜け、両国広小路を横切って柳橋を渡った。笹川にいる安兵衛に知らせようと思ったのである。

その日、安兵衛は笑月斎とふたりで、笹川の二階の安兵衛の部屋で飲んでいた。夕方、顔を出した笑月斎を誘って、ふたりで飲み始めたのである。

ふいに、階段をせわしそうに上がってくる足音がした。お房らしいが、ひどく慌てている。

足音は障子の近くでとまり、

「旦那、玄次さんが来てますよ」

お房の声が聞こえた。昂ったひびきがある。

「玄次が来たと」

安兵衛は、玄次が宮本の所在をつかんだのではないかと思った。

「すぐに、下に来てほしいそうです」

「すぐ、行く」

安兵衛は傍らに置いてあった朱鞘の大刀を手にした。

「宮本の居所が知れたのだな」

笑月斎も、立ち上がった。

安兵衛と笑月斎は、お房につづいて階段を下りた。

土間に玄次が立っていた。安兵衛たちをみるとすぐに近付いてきて、

「旦那、お耳に入れたいことがありやす」

と、小声で言った。お房が近くにいたので、宮本のことは口にしなかったのかもしれない。

安兵衛はお房が帳場に行くのを待ってから、

「宮本のことか」

と、訊いた。

「へい、やつが米沢町の情婦(おんな)のところに帰(けえ)ってきやした」

「来たか」

「へい、やつは、今晩情婦のところに泊まるようですぜ」

「今夜、仕掛けられるわけだな」

どうやら、玄次は宮本が借家に泊まることを安兵衛に知らせるために急いで来たらしい。そのとき、笑月斎が安兵衛に身を寄せ、

「長岡、おれも行くぞ」

と、言い出した。

「おぬしも、宮本とやるつもりか」

笑月斎は宮本に後れをとるだろう、と安兵衛はみていた。

「やつが、遣い手であることは分かっている。……だが、やつには借りがあるから

な」

　笑月斎が意気込んで言った。

「ならば、笑月斎も手を貸してくれ」

　安兵衛は、笑月斎の気持ちが分かったのでいっしょに行くことにした。ただ、安兵衛は自分で宮本の遣う岩霞と立ち合うつもりでいた。笑月斎は、闘いの様子をみて助太刀してもらうことになるだろう。

「待ってくれ」

　安兵衛は帳場にいるお房のところに足を運んだ。これから、出かけることを伝えておこうと思ったのである。

　安兵衛がお房にこれから笑月斎と出かけることを話すと、

「旦那、危ないことじゃァないんだろうね」

と、心配そうな顔をして訊いた。暗くなってから出かけると聞いて、ただごとではないと察知したのだろう。

「なに、たいしたことではない」

　安兵衛は笑みを浮かべて言った。お房に心配かけまいと思ったのである。

「そうだといいんだけど……」

「すぐもどるからな」

そう言って、安兵衛は戸口にむかった。

今夜にかぎって、お房は戸口までついてくると、

「遅くなっても、帰ってきておくれよ」

と、心配そうな顔で言った。

「かならず、帰ってくる」

そう言い置いて、安兵衛は笑月斎と玄次につづいて外に出た。

いい月夜だった。上空で、満月が皓々(こうこう)とかがやいている。これなら、提灯はなくとも歩けるし、月光を遮らない場所なら明かりがなくとも立ち合えそうだ。

三

安兵衛たちは、奥州街道を北にむかった。人気のない街道が、月明かりに仄白く浮き上がったように見えている。

三人は浅草茅町(かやちょう)に入ってから左手の通りに入り、神田川にかかる柳橋を渡って両国広小路に出た。日中は大勢の人出で賑わっている広小路も、いまはひっそりとして

いた。ときおり、酔客や夜鷹らしい女などが通りかかるだけである。

広小路を横切ると、玄次が、

「こっちでさァ」

と言って、米沢町の路地に入った。大川端には出ずに、米沢町の路地をたどって宮本のいる借家に行くつもりらしい。

玄次は人気のない路地をしばらくたどった後、路傍に足をとめ、

「そこが、やつのいる家で」

斜向かいにある仕舞屋を指差して言った。

月光に照らされ、黒い家の輪郭がくっきりと見えた。小体な借家ふうの家である。

「おい、まだ起きているようだぞ」

笑月斎が小声で言った。

家の戸口から、かすかに灯の色が洩れていた。

「近付いてみよう」

安兵衛たち三人は、仕舞屋の戸口に近付いた。

家の前まで来て、安兵衛は路地の左右に目をやった。立ち合いの場を探したのである。路地沿いに小体な店や仕舞屋などが軒を連ねていて、立ち合いに適した場所はな

かった。安兵衛が声をひそめて、玄次に闘えるような場があるか訊くと、半町ほど行った先に空き地があるとのことだった。

「空き地から一町ほど行けば、薬研堀に出られやすぜ」

玄次が小声で言い添えた。

「そこまで行くことはあるまい」

安兵衛は薬研堀沿いの道には、酔客や座敷から帰る芸者などが通りかかるのではないかと思った。

安兵衛は足音を忍ばせて、仕舞屋の戸口に近寄った。玄次と笑月斎もついてきた。

安兵衛が板戸に身を寄せて聞き耳を立てると、家のなかからかすかにくぐもった声が聞こえてきた。ただ、何をしゃべっているか聞き取れなかった。声のひびきから男女が話していることは分かった。

「入るぞ」

安兵衛が、声を殺して笑月斎に言った。

笑月斎は無言でうなずいた。すぐに、玄次は踵を返して戸口から離れた。玄次は闘いにはくわわらず、物陰で様子を見ている手筈になっていた。安兵衛と笑月斎が後れをとるようなことになれば、すぐに倉持に知らせるはずである。

安兵衛は引き戸に手をかけて引いた。

戸は重い音をたててあいた。家のなかは、仄かに明るかった。行灯が点っているらしい。敷居につづいて土間があった。その先に狭い板間があり、奥に障子がたててあった。障子が行灯の灯を映じて、ぼんやりと明らんでいる。

安兵衛と笑月斎は、土間に踏み込んだ。

「だれかいるのかい」

障子の向こうで、女の声がした。おみねであろう。

「宮本どのは、おられるかな」

安兵衛が声をかけた。

「だれだ」

男の声がし、立ち上がる気配がした。

スッと障子があいた。牢人体の男が姿をあらわした。宮本である。背後から行灯の灯を受けて顔ははっきり見えなかったが、安兵衛と笑月斎にむけられた双眸が底びかりしている。

「長岡と笑月斎か」

宮本がくぐもった声で言った。

そのとき、障子の向こうで、

「おまえさん、だれだい」

と、おみねの声が聞こえた。声に不安そうなひびきがあった。

宮本とおみねは座敷で酒を飲んでいたらしく、畳に貧乏徳利と湯飲みが置いてあった。

「おみね、おまえとは、かかわりない男だ」

宮本は障子の間から板間に出た。

「宮本、おれと立ち合え」

安兵衛が言った。

「立ち合えだと。……おぬしらは、ふたりがかりか」

「おれは、助太刀だ」

笑月斎が言った。

「うむ……」

宮本は凝（じっ）と安兵衛と笑月斎を見すえている。

「嫌なら、ふたりでこのまま踏み込んで、おぬしを斬ってもいいぞ」

安兵衛は、宮本が立ち合いに応じなければ、家のなかに踏み込んで斬るつもりでいた。

「やるしかないようだな」

宮本は座敷にもどり、大刀を手にしてふたたび姿をあらわした。

すると、おみねが宮本の後についてきて、

「おまえさん、刀など持ってどうするんだい」

と、うわずった声で訊いた。

宮本は後ろ手に障子をしめて、おみねを遮（さえぎ）ると、

「すぐもどる。酒でも飲んで待っていろ」

と言って、手にした刀を腰に差した。

笑月斎が先に土間から外に出た。安兵衛は、宮本に体をむけたままゆっくりと後じさって敷居をまたいだ。

路地で、安兵衛は宮本と向き合った。路地は狭く、ふたりの間合は三間ほどしかとれなかった。笑月斎は、安兵衛の脇に立っている。

月光が、人影のない路地を照らしていた。青磁色の仄かなひかりに浮かびあった細い道が、夜陰のなかに延びている。

「立ち合いには狭すぎる」

安兵衛が言った。

宮本は無言で、安兵衛を見すえている。まだ、両腕を垂らしたままで抜刀の気配も見せていない。

「この先に空き地がある。そこで、どうだ」

「よかろう」

宮本がうなずいた。

四

空き地は、丈の低い雑草でおおわれていた。闘うには、十分のひろさがあった。近くに家屋はなく、月光が雑草に降り注いでいる。

安兵衛と宮本は、空き地のなかで対峙した。足場はそれほど悪くなかった。足を取られるほどの叢(くさむら)ではない。それに、月光を遮る物がなく、対峙した相手をしっかり見ることができる。

ふたりの間合はおよそ三間半――。まだ、遠間(とおま)である。ふたりは両腕を垂らし、刀を抜いていなかった。

笑月斎は、宮本の左手にまわり込んだ。間合はおよそ四間半――。笑月斎も抜刀していなかった。

「おぬし、剣をどこで修行した」

安兵衛は、宮本が牢人であり、岩霞なる異様な剣を遣うことからみて、江戸の剣術道場で修行したのではないとみていた。

「上州だ」

宮本が低い声で言った。

「何流だ」

「馬庭念流だが、いまは何流でもない。あえて言えば、宮本流だな」

宮本が口許に薄笑いを浮かべた。

念流は、わが国の剣術流派としてはもっとも古い歴史をもっている。流祖は奥州相馬の住人、相馬四郎義元と伝えられている。義元は後に出家し、「念阿弥」「慈恩」などと名乗った。

その念流を、上州馬庭の地に居住する樋口家が代々受け継いできた。一時、念流は廃れるが、十七代目の樋口定次が再興し、以来馬庭念流として馬庭の地に土着し、上州を中心に隆盛を誇っている。

「岩霞は、馬庭念流の技ではあるまい」

馬庭念流の技なら、安兵衛の耳に入っているはずである。

「おれが、工夫したものだ。……旅をしながらな」

宮本の出自は、郷士か軽格の藩士の冷や飯食いであろう。家を出て仕官の口を探すとともに剣の修行をかねて中山道を流浪し、その後江戸へ流れ着いたのではあるまいか。そうした流浪の暮らしのなかで、武芸者と剣で渡り合ったり、土地の渡世人の喧嘩(でいり)にくわわったりして、岩霞なる必殺剣を身につけたのかもしれない。

「おれの剣も、似たようなものだ」

言いざま、安兵衛は刀を抜いた。

笑月斎も抜き、すぐに八相に構えたが間合をつめなかった。安兵衛と宮本の動きをみて踏み込むつもりなのだろう。

「岩霞、受けてみろ！」

宮本も抜刀した。

宮本は刀身を立て、顔の左側に持ってくると、腰を沈め、刀身を頭上にむけた。逆八相だが、頭を覆うように構えている。

宮本はチラッと笑月斎に目をやったが、構えを変えなかった。間合が遠いこともあって、すぐに斬り込んでこないとみたのであろう。それに、岩霞の構えは脇からの斬撃にも対応できるのかもしれない。

三人は、すぐに動かなかった。それぞれの手にした刀身が、夜陰のなかで月光を反射(はね)て銀蛇(ぎんだ)のようにひかっている。

……馬庭念流の上段に似ている。

と、安兵衛は思った。

安兵衛は、馬庭念流の遣い手と立ち合ったことがあった。ただ、馬庭念流の上段は切っ先を敵の眉間につけるが、宮本の岩霞は切っ先が上にむけられている。宮本が独自に工夫した構えとみていい。

安兵衛は青眼に構えて剣尖を宮本にむけると、切っ先を小刻みに上下させた。北辰一刀流の鶺鴒(せきれい)の尾と称する構えに似ているが、瞬発力を高めるために両膝を折って踵を浮かせるところがちがう。

「なんだ、その構えは」

宮本が安兵衛の構えを見て訊いた。

「とんぼ剣法だよ」

「妙な構えだ」

「おぬしの岩霞と似たようなものだ。おれのは、喧嘩剣法だがな」

安兵衛は、さらに切っ先の動きを速くした。

「ならば、とんぼをたたっ斬ってくれる」

「できるかな」

「行くぞ!」

宮本が、岩霞に構えたまま足裏を摺るようにして間合をつめてきた。その足許で、ザッ、ザッと音を立てて雑草が揺れた。

……隙がない!

安兵衛の背筋に冷たいものがはしり、体がかすかに顫えた。だが、すこしも臆さなかった。剣客が強敵と対峙したとき生じる武者震いである。

宮本の構えは、身を岩で覆ったように斬り込む隙がなかった。岩霞の名は、岩でおおったような構えからきたものであろう。まさに、巌(いわお)のごとき鉄壁の守りである。だが、安兵衛は守りだけの構えではないとみた。宮本が先(せん)をとって間合をつめてくるのも、鋭い攻撃を秘めているからにちがいない。

安兵衛は、身を引かなかった。切っ先を小刻みに上下させ、体もすばやく前後に動かした。小刻みに動く刀身が、月光を乱反射して青白い光芒のように見える。

宮本はジリジリと迫ってきた。間合が狭まるにつれ、宮本の全身から痺れるような剣気がはなたれ、斬撃の気が高まってきた。

そのとき、笑月斎が動いた。摺り足で宮本との間合を狭め始めた。だが、宮本は笑月斎の動きに反応しなかった。

安兵衛を見つめた宮本の双眸が、夜陰のなかに青白くひかっている。いまにも獲物に飛びかかろうとしている餓狼のような目である。

なおも、宮本が安兵衛に迫った。

一足一刀の斬撃の間境まで、あと半間――。

安兵衛は、このまま宮本に斬撃の間境を越えられると、斬られる、と察知した。多くの真剣勝負の修羅場をくぐってきた安兵衛の勘といっていい。

……岩霞の構えをくずさねば、勝機はない！

安兵衛は、先(せん)をとって宮本の構えをくずそうと思った。

斬撃の間境まで、あと一歩――。

刹那、安兵衛の全身に斬撃の気がはしった。

イヤアッ！

裂帛の気合と同時に、安兵衛の体が躍った。

青眼から踏み込みざま真っ向へ――。安兵衛の刀身が月光を反射て、青白い閃光がはしった。

瞬間、宮本の体がわずかに前に出た。

キーン、という甲高い金属音がひびき、青火が散った。頭上に構えた宮本の刀身が、安兵衛の斬撃を受けたのだ。

次の瞬間、宮本の体が躍動した。宮本は頭上にむけた刀身で、安兵衛の斬撃を受けておいて、そのまま袈裟に斬り込んできた。

迅い！

一瞬の太刀捌きだった。

……袈裟にくる！

安兵衛は頭のどこかで感知すると、右手に跳んだ。安兵衛の動きも迅かった。体が勝手に反応したといってもいい。

だが、安兵衛は宮本の斬撃をかわしきれなかった。

ザクッ、と安兵衛の左肩の着物が裂けた。宮本の切っ先がとらえたのである。

安兵衛の肩に赤い線がはしり、ふつふつと血が噴いた。だが、皮肉を浅く裂かれただけだった。咄嗟に、安兵衛が右手に跳んだため、宮本の斬撃をまともにあびずに済んだのである。

安兵衛はさらに背後に跳び、宮本から大きく間合をとった。安兵衛は右手を柄から離し、左肩の傷を指先で撫でると、血のついた指を嘗め、ペッ、と吐き捨てた。

「やるじゃァねえか」

安兵衛が低い声で言った。

顔が赭黒く染まり、双眸が猛虎のように爛々とひかっている。安兵衛の全身に闘気が張り、血が滾っていた。肩口を斬られたことで、闘いの本能に火が点いたのである。

五

安兵衛が斬られたのを見た笑月斎は、宮本に身を寄せながら、

「助太刀いたす！」

と声を上げ、いきなり八相から袈裟に斬り込んだ。安兵衛を助けようとしたのである。瞬間、宮本は岩霞の構えのまま体をひねって、頭上で笑月斎の斬撃を受けた。

……笑月斎が斬られる！

感知した安兵衛は、突如、タアッ！　と鋭い気合を発した。

宮本は岩霞の構えから袈裟に斬り込まず、一歩身を引いた。安兵衛の斬撃を恐れたのである。

「笑月斎、引け！」

安兵衛は叫んだ。

迂闊に、岩霞の構えに斬り込んだら、そのまま宮本の神速の斬撃をあびることになる。岩霞の恐ろしさは、敵の斬撃を受けることもさることながら、受けた後の斬撃の迅さにある。岩霞の本領は鉄壁の守りではなく、神速の攻撃なのだ。

笑月斎はすばやく身を引いた。岩霞の恐ろしさが分かったらしい。

「いくぜ！」

安兵衛は青眼に構えると、切っ先を小刻みに上下させ、体を前後に動かした。その前後の動きがさきほどよりも迅く、大きくなった。宮本に斬撃の起こりと間合を読ませないためである。

宮本は表情を変えなかった。凝と安兵衛を見すえながら、間合をつめてきた。足許で、雑草を分ける音が聞こえる。

そのとき、笑月斎も動いた。八相に構えたまま、宮本との間合をつめ始めた。宮本が斬り込んだ瞬間の隙をとらえるつもりらしい。

笑月斎の刀身が、夜陰のなかに青白いひかりを曳いて宮本に迫っていく。

宮本と安兵衛の間合が、さらに狭まってきた。斬撃の間境まで、あと二歩ほどである。と、安兵衛が動いた。切っ先を上下に動かしながら、一歩踏み込んだ。先（せん）をとって、仕掛けたのである。

刹那（せつな）、安兵衛の全身に斬撃の気がはしった。

イヤアッ！

裂帛の気合とともに、安兵衛の体が躍動した。

刃唸（はうな）りとともに、横一文字に閃光がはしった。宮本の顔の高さである。宮本は頭上にむけた刀身を下げなければ受けられない。

瞬間、宮本は刀身を下げた。

キーン、という甲高い金属音がひびき、青火が散った。宮本は刀身を下げず、横に払って安兵衛の斬撃をはじいたのである。

刹那、ふたりは二の太刀をはなった。

安兵衛は突きをみまい、宮本は刀身を振り上げて袈裟に斬り下ろした。一瞬の攻防である。

安兵衛の切っ先は宮本の右肩を突き刺し、宮本のそれは安兵衛の肩先をかすめて空を切った。

次の瞬間、安兵衛は背後に跳んだ。

宮本は後ろによろめいた。右肩から血が、迸り出ている。

「岩霞、やぶった！」

安兵衛が声を上げた。

岩霞の本領は、敵の斬撃を受けた刀でそのまま斬り込む、斬撃の迅さにあった。ところが、宮本は刀を振り上げてから斬り込んだために斬撃が遅れたのである。

「まだだ！」

宮本は、ふたたび岩霞の構えをとった。だが、頭上にむけた刀身が揺れていた。右肩の傷のために力が入らないのだ。腰も浮いている。

宮本が間合をつめ始めた。摺り足で、迫ってくる。そのとき、宮本は雑草に爪先をひっかけて左手によろめいた。

これを見た笑月斎が、
タアッ！

と、鋭い気合を発して斬り込んだ。自分に宮本が迫ってきたので、咄嗟に体が反応したようだ。

笑月斎の切っ先が、宮本の首筋をとらえた。

ビュッ、と血が赤黒い帯のように夜陰にはしった。笑月斎の切っ先が宮本の首の血管を斬ったらしい。

宮本は血を撒きながらその場につっ立った。だが、体が大きく揺れ、腰からくずれるように叢のなかに転倒した。

宮本は叢のなかで、モソモソと四肢を動かしていたが、すぐに動かなくなった。絶命したようである。

笑月斎は、顔の返り血を手の甲で拭いながら宮本のそばに歩を寄せた。

安兵衛も横たわっている宮本に近付き、

「これで、始末がついたな」

と、小声で言った。

「長岡、みごと岩霞をやぶったな。……おれは、やつにとどめを刺しただけだ」

笑月斎がすまなそうな顔をして言った。

「気にするな」

ふたりで、宮本と闘ったのである。どちらが、斬ってもよかったのだ。

そこへ、玄次が走り寄ってきた。

「ざまァねえや」

玄次が、血塗れの宮本に目をやって言った。

安兵衛は宮本の袖で刀身の血をぬぐって納刀すると、

「帰ろうか」

と、笑月斎と玄次に声をかけた。安兵衛は、自分の帰りを待っているお房のことを思いだしたのだ。


安兵衛たち三人は、路地をたどって薬研堀に出た。夜は更けていたが、酔客らしい人影があった。

頭上に満月がかがやいていた。薬研堀沿いの道は、仄かな青磁色にひかっている。

安兵衛は大川にむかって歩きながら、

「ところで、笑月斎、いやにお鶴に肩入れしていたが、まさか懸想(けそう)したわけではあるまいな」

と、笑月斎に訊いた。

「ば、馬鹿なことを言うな」

笑月斎が声をつまらせた。

「あやしいな」

「娘のように歳の離れている娘に、懸想などするか」

「お鶴のことになると、夢中だったぞ」

「そ、それは、妹のちさのことがあったからだ」

「病で亡くなったそうだな」

安兵衛は、笑月斎から妹のことは聞いていた。

「そうだ。……ちさとお鶴が、似ていてな」

笑月斎が歩きながら話しだした。

ちさは、十六のときに胸の病で亡くなったという。亡くなる直前、骨と皮ばかりに痩せた手で、笑月斎の手を握りしめ、

「お兄ちゃん、助けて……」

と、かすれ声で訴えた。ちさは、意識が混濁していたせいか、子供のころのように笑月斎をお兄ちゃんと呼んだそうだ。

「その声がいまでも、おれの耳に残っていてな。……それで、お鶴さんを見たとき、何としても助けてやろうと思ったのだ」

笑月斎がしんみりした口調で言った。

「そ、そうか……」

安兵衛も、しんみりした声になった。

玄次は黙したまま、安兵衛の後ろを歩いている。

次に口をひらく者がなく、薬研堀沿いの道に三人の足音だけがひびいていた。

「笑月斎、見ろ。いい月だ」

安兵衛が、頭上の満月を見上げて言った。

「いい月だな」

笑月斎も月を見上げた。

「月が、笑っているぞ」

安兵衛の目に、満月が笑っているように見えた。

「そうだな」

「笑月斎とは、いい名をつけたものだ」

安兵衛がつぶやくように言った。

「いい名だろう。この月のように、おれの心に疾(やま)しいものはないのだ」

笑月斎が、満面に笑みを浮かべて言った。

この作品は徳間文庫のために書下されました。

徳間文庫

極楽安兵衛剣酔記

笑う月

2014年7月15日 初刷

著者 鳥羽亮

発行者 平野健一

発行所 株式会社徳間書店

東京都港区芝大門二—二—二 〒105—8055

電話 編集〇三(五四〇三)四三四九 販売〇四八(四五一)五九六〇

振替 〇〇一四〇—〇—四四三九二

印刷 製本 図書印刷株式会社

ISBN978-4-19-893855-0 (乱丁、落丁本はお取りかえいたします)